Kadokawa Fantastic Novels

彩頁、內文插圖／みやま零

目錄

我說啊，潔諾薇亞。我們今後也是朋友對吧！

Life.1 愛西亞的寶物

「如上所述。大馬士革鋼，也就是所謂的烏茲鋼是——」

我——阿撒塞勒今天也向學生們散播跟課程內容無關的沒用知識。

——這時，代表課堂結束的鐘聲響起了。

「阿撒塞勒老師，下次請再談談您對ＵＦＯ的獨特見解喔。」

「啊——不然就來說說先前提過的，我對於ＵＦＯ跟金字塔相關性的主張好了。」

「我很期待喔！」

跟學生們如此在下課後閒聊一番，之後我回到了教職員室。

我被駒王學園任用為教師，主要負責教化學。哎呀，因為自從我在天界的時候開始，就一直在進行研究和實驗嘛，對那個領域精通得過分。

雖然我也會教許多其他的課程，但我總覺得教授國語、地理歷史這些科目似乎不太符合我的個性。

即使老是被那群幹部說「阿撒塞勒去當老師？他絕對會教學生一些亂七八糟的東西吧」

之類的話，但我還是有規規矩矩地當個老師喔。

……不過我偶爾也會像今天這樣，離題去教些無益的東西啦……

「聽懂了嗎？上課中寫什麼交換日記談都不用談！何況是跟異性寫這種不純的東西！」

旁邊座位傳來女性教員責罵的聲音。

看來羅絲薇瑟（公民科老師）正在警告兩名男女學生的樣子，她氣鼓鼓地用可愛的模樣發著怒。

從對話內容可以推測出，她應該在責備學生們上課中做的事吧。

教職員室內這傢伙的座位被分配在我身旁，這種關懷的舉動令人頗為敬謝不敏。反正應該是莉雅絲或蒼那之類的人，把羅絲薇瑟當作專門控制我的制動器擺在我身旁的吧。

……真是的，那些傢伙到底相不相信我啊……

「實在很抱歉。」

「非常對不起。」

學生們也一臉愧疚地賠罪。不過，他們才剛道完歉便開始說起這些話：

「不過啊，小羅絲薇瑟。我認為只要是身為現代高中生，就會聊這點事喔。」

「沒錯沒錯，談論別班誰在跟誰交往，是很正常的話題啊。」

雖然在上課時寫交換日記當然會被警告，但這內容還挺可愛的嘛，哪裡有什麼不純的啦。反正對青春期的小鬼們來說，男女關係是他們最喜歡的事情之一吧。

然而，一頭銀髮的美少女教師態度堅決地不肯讓步。

「你說這什麼話！高中生最首要的事就是認真讀書！只有考上優秀的大學，在出色的地方上班才是最重要的啊！」

啊啊～這女孩老是在盯學生同一件事……不知該說她是爆發出十幾歲少女的青春活力呢，還是經驗不足才造成這結果。

學生們好像也跟我產生相同的感想——

「……小羅絲薇瑟，妳就是因為明明年輕卻很頑固，才交不到男朋友的喔。」

——而說出這種禁忌的話語！那是對這傢伙來說最嚴重的禁語啊。

看吧看吧，她一聽到就全身僵直，閉口不語了。羅絲薇瑟顫抖著身體，發出驚慌失措的聲音，而且雙眼含淚。

「……男、男朋友這種東西……我也有啊！」

她扯的謊還真大，嗓音也走調了。唉，她應該是想在學生面前做個樣子吧。

不過我曾聽說在學生之間，羅絲薇瑟的年齡＝沒有男朋友的時間這傳聞相當有名。這意思不就是全校學生都知道了？

好像是因為羅絲薇瑟對那方面的事情很沒轍而且特別嚴格的關係，才會立刻遭到學生們看穿。

雖然女學生們認為她是「小缺憾美女」，但男學生們則封她為「純情美少女教師」，讓她擁有凌駕他人的絕高人氣。

而且啊，女學生們並不會嫉妒她，只覺得羅絲薇瑟「就算生氣還是很可愛」，讓她的聲望不斷高漲。

羅絲薇瑟，妳可別勉強啊。就算妳維持不加修飾的模樣，學生們還是十分愛慕妳喔……雖然懷抱的應該是以朋友關係為出發點的感情啦。

不過為了在校園裡跟學生相處融洽，這件事本身就很重要。足以說她只是為了不讓學生們覺得她是一個囉嗦的老師才這麼做的。

「哎呀，羅絲薇瑟老師，這樣也好啊，妳就饒過他們吧。」

我開口解圍。但其實要幫的並不是學生，而是為了拯救羅絲薇瑟。假如她再繼續為自己沒男友資歷氣結的話，天都要黑了。

雖然話是這麼說，但我心中誠實的感想是因為在旁邊聽了很煩，希望這些人別再吵了。

「不愧是阿撒塞勒老師！」

儘管學生因為我的建議而感到高興，但當事人羅絲薇瑟卻轉過頭對我這麼說：

「我啊！可是有男、男朋友的咩！」

別哭啦。居然還說什麼「咩」……

總之，妳下次去跟一誠約個會啦。

這是放學後發生的事。

「…………」

前往舊校舍的途中，羅絲薇瑟在我身旁鼓著臉頰……看來她如今還是深受白天那段對話影響的樣子。

我瞇起眼睛傻眼地開口：

「從今天開始，我們要著手進行那件事了喔。」

「知道啦！我又沒在生氣！」

……我又沒說什麼。

好吧，算了。再來預計也會找莉雅絲、朱乃，還有奧菲斯她們來。而那之中最重要的人就是這次的主角愛西亞。

我們正要做的事情，是讓愛西亞和預定與其進行儀式的魔物簽訂契約。

如果能順利締結契約就好了呢。雖然我認為愛西亞的素質相當優秀……但因為她缺乏大膽的特質，要與魔物討價還價的時候，應該會需要我們援助吧。

當遇上基於等價原則，須以同等報酬公平交換魔物契約的情形，當事人的交涉手腕也會成為必要的條件。因為如果受到對手看輕，有時也會被索取超出契約價值的嚴酷要求。

清楚事情狀況的羅絲薇瑟皺起眉頭詢問我：

「但是，這樣真的可以嗎？牠不是阿撒塞勒老師重要的契約對象嗎？五大龍王之一——法夫納，我認為牠是個非比尋常的對手。」

沒錯，我與五大龍王其中一頭龍「黃金龍君(Gigantis Dragon)」法夫納維持著契約關係。雖然平常讓牠待在龍玉裡面，但戰鬥的時候則會變成我擅使的人工神器(Sacred Gear)供我實際運用。

而我正要解除那份契約。

然後呢，這次要解決的事情就是讓愛西亞繼承那項契約。

這也是因為，我最近強烈感受到以自己的定位來說，善加經營後援這個角色會比參與實戰來得更好。

戰鬥就交給年輕有幹勁的新銳惡魔們，以及轉生天使他們負責就好了。像我這種老人還是退離前線、努力支援年輕人，應該更能發揮作用吧。

——這就是我最近看著一誠他們而心生的感想。

「反正，把這當作一個隱退機會也不錯啊。三大勢力締結和盟，其他的神話勢力也開始攜手合作。雖然目前還存在一些抱有敵意的傢伙，即使如此，與很久之前的狀況相較之下已經轉為和平了。而象徵這件事的集團也已誕生，過時的前浪該要慢慢退場比較好。」

吉蒙里——不，往返於此處的是一支由各式各樣勢力集結而成的混合隊伍。這是在稍早之前——直到去年為止都不曾考慮過的陣勢。

說真的，殷殷叮囑拉拔那些傢伙們成長，變得比在前線大鬧一場要來得開心。

我一定是打從心底喜歡那樣的事情吧。因為啊，神子監視者本身就是一群把天界知識透漏給人類的反叛者嘛。

呵呵呵，我要怎麼培育吉蒙里、西迪這兩支隊伍呢？這些正值成長期的年輕小鬼們就等同於無論如何都能滋長的苗床一般。也就是說，他們是對我而言最棒的素材了。

我想把包含一誠在內的每一個人，都昇華成禁忌的果實嘛。

「……你又在想什麼亂七八糟的事情對吧？你如果教一誠太過奇怪的東西，這次就會像以前神子監視者受到天譴那樣，惹魔王陛下生氣喔。」

羅絲薇瑟如此警告妄想中的我。

「那正如我所願。我可是率領著那群向人類灌輸沒用知識，直至違逆全知全能的神的笨蛋喔！他們也該認清任誰也阻止不了我這份想把現場這些傢伙塑造成最強、無敵，又不可思議隊伍的野心比較好。」

羅絲薇瑟聽到我這番話，只是傻眼地嘆著氣。

我也會讓妳變強的喔，來自北歐的才女大人。

那麼正因如此，這次要強化的對象是——愛西亞。

—○●○—

「由我、我跟……龍、龍王先生締結契約嗎……！」

愛西亞因為這非比尋常的事態而嚇了一跳，不禁語塞。

我和愛西亞、莉雅絲、朱乃、羅絲薇瑟等人，向神祕學研究社成員們交代完當天的指示後，便前往位於吉蒙里領地底下，為這些傢伙所準備的訓練場地。

這領域還真寬敞啊。這是吉蒙里卿——不對，應該說是瑟傑克斯特別為了一誠、莉雅絲他們準備的廣闊修行空間。不但具有相當的高度，橫幅也很寬大。

既然是在這個場地的話，稍微亂來一下應該也沒關係。

自從轉移到這裡後，我跟莉雅絲便向愛西亞表明這次的必辦事項。

包括我與法夫納解除契約，以及愛西亞似乎擁有使役魔物相關才能的這幾點。

還有告訴愛西亞，要她締結「與龍王的召喚契約」這件事。

不過啊，大概是因為愛西亞原本性格謙虛的緣故，她聽到我們這麼說之後，就露出剛才那種反應。

我之所以會勸進愛西亞與龍王簽下召喚契約，其中存在兩個理由。

第一個理由就是——愛西亞才剛當上惡魔，就立刻將契約難度高的龍族收為使魔。儘管那只是隻小龍，但能與上位種的「蒼雷龍（Sprite Dragon）」締結契約還是很厲害。

在所有生物之中，龍族是被謳歌為最強的存在。無論怎麼說，憎惡著世間所有神祇，而且連神都能弒滅的生物就只有龍這支種族而已。

能夠與龍締結契約這件事，是愛西亞會被看作特殊人才非常重要的一個因素。

雖然要她立刻跟龍王盟結使約，連我也覺得進展得太快。但這種事若不嘗試看看，也不可能知道結果會是如何。

目前吉蒙里的眷屬們，是一群成長情形不同於常人的傢伙。讓人不禁覺得他們應該可以處理這種難度連跳三四級的事情。

而第二個理由，是因為負責回復的愛西亞是戰鬥中的關鍵人物，也很容易遭到敵人鎖定。目前吉蒙里眷屬為了援助愛西亞，就必須派出其中一名成員專門防護她。

身為一支超級注重火力的隊伍，就算在攻擊時僅僅少了一個幫手也實在很可惜。

既然如此，愛西亞自己準備護衛的人員，將會使她更加容易行動。而且也能夠一併提升戰鬥力才對。

如果能成功讓龍王負責防衛愛西亞，就會成為最完美的安排。

之所以會採取如此堅決的態度，背後當然就存在著讓我足以這麼做的理由。

我轉而望向身邊。視線的前方有一位裹著黑色衣物的嬌小少女——也就是奧菲斯。

「吾的工作是什麼？」

龍神大人疑惑地偏著頭，這傢伙正是我態度可以這麼強硬的理由。

「我是想說應該可以得到妳的幫助啦。呃，雖然愛西亞似乎已經身懷妳加護的效果就是了。」

儘管我如此回答她，維持少女型態的龍神卻只是面露不解。

我讓奧菲斯也一起參與這次的事情。之所以這麼做，是因為愛西亞不管怎麼看都像是蒙受了來自奧菲斯的「加護」。

這使得愛西亞的運氣從平時開始就得到提升，常常有好運降臨。總覺得伊莉娜身上也發生了同樣的情況。

雖然這種事態很罕見，但如果放眼看看這個世界，就會知道這也是偶爾會有的例子。

就是所謂「神明大人的保佑」吧。

我從懷裡拿出自製的計量器，將它對準奧菲斯。登錄完資料，掌握好她的氣場反應值之後，這次換成把計量器探向愛西亞。

這個計量器，是用來調查奧祕個體對他人影響程度有多大的東西。

我看到機械上顯示的數值便心生佩服。

因為奧菲斯朝愛西亞散發出一股雖然微弱，卻不含絲毫惡意的特殊波動。

這一定就是愛西亞所得到那種「加護」的真相吧。可以判斷正是這道特異的波動，成為了讓愛西亞運氣等方面獲得提升的助力。

足以稱為我們神話體系主幹的「聖經之神」已然消逝，讓教會的信徒們變得無法得到原有的加護（正確來說，如果使用天界遺留下來的「系統」，就能讓他們最起碼多少得到一點類似的東西）。

愛西亞所處的立場雖然與天界釋出的加護最為無緣，但如今簡直可說是從世界最強的龍神大人手中得到了「保佑」呢。

不過開端好像是因為她們初次見面的時候，愛西亞就對奧菲斯善意以待的關係……但奧菲斯本人應該沒有發現自己施予了愛西亞加護效果。

這恐怕是她無意識產生的感激之情，化為這種形式傾注於愛西亞身上吧。

「我想讓這次締結契約的過程，在奧菲斯的『加護』與援助下進行。」

這也是我會打算要愛西亞與法夫納結定契約的一個重要因素。

畢竟如果能擁有龍神的「加護」和援助，會教人放心許多嘛。跟愛西亞孤身一人的狀態

比起來，契約成功的機率應該也會大幅提升。

莉雅絲和朱乃聽到我這麼說之後也點點頭開口：

「是啊，我們也會幫助愛西亞的喔。」

「呵呵呵，愛西亞能辦到與龍王締結契約這種事，實在很厲害耶。」

嗯，同樣身為吉蒙里眷屬的「國王(king)」與「皇后(queen)」一同隨行——

「我也會在有關魔術以及召喚術式等方面提供協助。」

而且身為魔法高手的羅絲薇瑟也在現場，可說是做足了萬全的準備。

無論怎麼說，正因為我本人也親自出馬，不可能會容許計畫失敗吧。

「……雖然不清楚能夠做到什麼程度，但因為我也想要變得更強，如果大家能陪我到最後，將會是我的榮幸！麻煩各位了！」

儘管愛西亞同樣一臉緊張，但看來她已經下定了決心。

應該是因為這女孩也理解到，自己必須變強才行了吧。

「好，我先為妳準備了一般的龍。不管跟牠們聊什麼都可以，試著把話題延續下去。在與法夫納訂立契約之前，能掌握交涉的訣竅最好。」

生性內向的愛西亞應該不太擅長談判這種事吧。由於她就算在進行惡魔的工作，所遇到的委託者也多半是心地較為溫柔的人，似乎不需要多餘的交涉技術。但如今要面對的可是龍王，談話技巧也隨之變得重要。

而且對方並非人類或者惡魔，是屬於另外一種生物——龍族。考慮到今後會遇到的事情，還是必須先習慣這種連同價值觀都截然不同的對象才行。

「吾，會助愛西亞一臂之力。」

「謝謝妳，奧菲斯小姐。」

愛西亞與奧菲斯感情融洽地說著話。

……哎，看來她能和奧菲斯心意相通的樣子。不過，雖然說奧菲斯也是龍沒錯，但還是把她看作另外一種存在比較恰當吧。

——這時，莉雅絲開口問道：

「奧菲斯會不會在龍的面前暴露真實身分啊？」

畢竟我們決定向世間保密奧菲斯存於此處的事情，要是因為召喚龍而露餡就糟了。

「保證不會。因為奧菲斯的力量已被弱化到極限，多半只有非常高階的龍種才有可能看穿她的身分吧。」

畢竟那方面也讓她準備好了嘛。莉雅絲她們聽了也表示「你做事情還是一樣這麼周到呢」。就說交給我沒問題啊。

於是，我們就發動召喚術，找來某隻事先與對方說定的龍。

看見魔法陣中現出一頭巨大的龍，我就推了推愛西亞的後背說：

「來，愛西亞。開始跟龍溝通吧。」

「是、是的！」

愛西亞露出一臉下定決心的神情，開口與龍對話——

「……屬炎的龍種擅於噴火，性格多為勇敢大膽。棲於水中的龍種則擅長操縱水與冰之元素，個性多半較為冷靜……」

愛西亞在往常的修行空間讀著筆記進行確認，而幾名包括我在內，與龍王簽訂契約這件事相關的成員們，則在她身旁露出微笑守望著這幕景象。

奧菲斯在愛西亞身旁跟著她——

「風之龍大部分性喜逍遙自在。雷之龍在幼年期的個性偏神經質，成長後有很大機率會變得善於交際。冰之龍是默默隱居於遠離人跡之處。」

簡短地為她複誦關於龍的特性。

在那之後又過了好幾天，我們也讓愛西亞邂逅了繁多種類的龍族。由於龍族的性格與價值觀都會隨著種族而各有差異，使得愛西亞與牠們對話的過程中歷經千辛萬苦，但她與生俱來的認真個性卻令她始終勤奮地努力。

雖然在愛西亞與龍族進行對話時，奧菲斯的力量已被盡可能減弱到最低限度，所以沒有任何一頭龍看穿她的真面目……要是被成功認出來的話，就不可能與對方進行什麼交涉了，因為牠們多半會畏懼奧菲斯而逃掉嘛。

然而，身為龍王的法夫納應該會察覺到愛西亞身邊奧菲斯的存在，也會因此得知奧菲斯就在我們身邊。不過我是覺得法夫納應該不會害怕奧菲斯才對啦……

事到如今，我才對於自己身邊部署著奧菲斯，並與龍族進行交涉的這份膽量感到驚愕。要是被其他幹部知道這種事，應該會馬上遭遇譴責吧。哈哈哈，因為最近這陣子盡是發生一些危險的事件，才會讓我自身的感覺也跟著受到麻痺。

哎，多虧愛西亞得到了奧菲斯的加護，因此沒有激怒任何龍或惹來牠們嫌惡。出乎意料地，從旁人眼中看來，他們的對話進行得很開心。這個嘛，我是說龍很開心啦。因為愛西亞光是要與龍互相交談，應該就已拚盡全力了吧。

與此同時，莉雅絲與朱乃也一邊指導愛西亞與魔力相關的事，羅絲薇瑟則是負責教導她魔法——尤其著重於召喚魔法這一塊領域。

即使她短時間內必須記住很多事情，但或許是她原本的學習能力及魔力素養都較高的緣故，看來勉強是能跟得上她們。

儘管我正在觀察學生，仍動起筆在筆記本上記述著某件事。

我這種一想到事情就記錄下來的習慣從以前就有了。即使不曾遺忘過這些念頭，但我分析自己應該是喜歡把想法化成文字這樣的行為才對。

因此我待在天界的時候，才會寫下神器的設定資料集那種東西吧。真是的，我至今還是覺得米迦勒那傢伙在遠古大戰時散布那東西的行為真是不可理喻。

「你在做什麼筆記啊？」

羅絲薇瑟如此詢問我。

「這個啊，是我下次要在學校上課小考時出題目的點子啦。我心血來潮的時候就會像這樣一條條寫下來喔。」

我用這句話回答她。即使監督一誡他們跟鄰近這一帶是我的本分，但我同樣身為駒王學園的一名教師，也會把學生們教導得很出色的。

莉雅絲輕笑道：

「阿撒塞勒老師負責帶的所有學生成績都十分優秀，真是令人意外呢。」

妳用「意外」這兩個字還真是沒禮貌啊。我就算這樣也是有在做事的好嗎？

羅絲薇瑟嘟起嘴開口：

「你明明就是『不認真』這個詞彙的最佳代言人，我還以為在工作上取得紮實成果的你，會是一個最難在職場上相處的人呢。但就算這麼說，你跟其他的男性教師們感情也很融洽……嗯……」

年輕女孩別在那裡發牢騷碎碎唸啦。我只是因為活得比你們都還要長的緣故，才很清楚如何判斷何時該努力而已。這種事情只要累積經驗，連羅絲薇瑟都能辦得到吧。

……啊～～但對生性認真的羅絲薇瑟來說，可能會有點難喔。

──好了，閒聊跟做筆記先在這裡告一段落，今天就到此邁入下一個階段吧。

我向愛西亞說道：

「愛西亞，我從現在起要解放出法夫納了──我打算在今日與牠解除契約。」

雖然與牠相處的時日不長，但我已經決定好要在今天進行解約。

我拿出裡頭封印著法夫納的人工神器那顆寶玉。

然後彈響手指，描繪出契約專用的魔法陣，並將寶玉放在陣式的中心。

「黃金之龍王啊，回應我的呼喚聲，解放你的形體吧──」

我一詠唱出咒文，魔法陣就光芒大作，寶玉也像是呼應著它一般開始散發出耀眼的光芒。

就在魔法陣放射出一道令人目眩的閃光之後──正中央便出現了一頭巨大的黃金之龍。

牠的外表是一頭以四肢爬行的龍，身上不具翅翼，鱗片散發出莊嚴的金色光輝。

──牠正是五大龍王之一，「黃金龍君」法夫納。

牠在傳說中也是以其喜愛收集祕寶的特性而聞名。

我對龍王說道：

「法夫納，我今天之所以召喚你不為別的事——只是想要跟你解除契約。」

法夫納聽了我這段話，沉重地開口：

『阿撒塞勒，你要斷絕與本大爺簽訂的契約是嗎？』

「是啊，我也已經老得不中用了嘛，想說還是退下前線好了。所以才覺得該一併解除和你之間的契約。」

『……』

龍王仍然一語不發……算了，因為這傢伙本來就很冷淡嘛。當時為了締結契約而前往牠住處的時候，牠也展露出同樣冷峻的表情和聲音。在訂立契約的過程中也只是簡單地與我應對幾句而已。

我清清喉嚨，告訴法夫納：

「然後，不好意思，但我現在就想為你介紹下一位與其訂約的對象……如何？」

『……』

真是的，還不說話啊。這麼說來，我記得當時只說了「以我的寶物收藏為代價，和你交換契約吧」這句話之後，牠僅僅沉默地點了個頭，就與我完成契約了呢。

我痙攣似的勾起嘴角，硬著頭皮露出笑容向牠說：

「這、這個嘛，對方是個可愛的女孩子喔，你放心吧。」

『本大爺對此是有講究之處的。』

是喔，牠居然說了那種話耶。龍族舉凡任何種族的美女全都喜歡，才會在世界上每一個角落都留有牠們要求美女當活祭品的傳說吧。

我向牠介紹身邊的愛西亞：

「這位就是我想介紹給你當下一任契約對象的愛西亞·阿基多。她很可愛吧？」

愛西亞雖然緊張得直發抖，也還是努力地向法夫納打招呼：

「初、初次見面，我叫愛西亞·阿基多。」

『…………』

黃金龍王霍然把臉湊近她，認真地細細打量起愛西亞。他們之間的距離，近到連愛西亞的身影都映在法夫納轉動的巨大眼珠上頭了。

遭到凝視的愛西亞神色則顯得更為緊張，笑容也跟著發顫。

看來能與龍神及天龍建立融洽感情的愛西亞，也對面前這位冷漠的龍王感到迷惘。

「呃，至少也說點感想嘛。你這傢伙還是一樣冷淡耶。」

就在我向法夫納這麼一說後——

『……金。金色的……頭髮。』

——牠開口吐露出這樣的感想。因為這傢伙眼裡只有金色的物品嘛，牠的收藏品裡頭也幾乎全都是金碧輝煌的寶物，最喜歡的東西應該是金塊沒錯吧。

「是啊，她有一頭金髮，是一名金髮的美少女修女。別看她這樣，她在學校也非常有人氣喔。」

法夫納聽到「修女」這個詞，原本圓睜的眼睛瞪得更大了。

哦，是喜歡修女啊？看來牠真的滿講究的嘛。

即使我跟莉雅絲她們都目不轉睛地瞧著龍王這番反應，那傢伙卻開口說出這樣的話：

『小……愛西亞。』

…………嗯？

怎麼，是我聽錯了嗎？他剛才叫愛西亞時是不是加了暱稱啊？不，絕不可能有這種事。這傢伙可是五大龍王之一的「黃金龍君」法夫納，不會用這麼通俗的方式稱呼別人吧。

雖然想是這麼想，但法夫納猶如要洗刷我這個念頭般驀然豎起尾巴，左右搖了一回之後宣布道：

『本大爺認為金髮美少女小愛西亞很可愛。』

——原來不是我聽錯啊。

牠還真的用暱稱叫啊——……法夫納這番出乎意料的反應，讓我的神情變得有些苦悶。

我身邊的莉雅絲她們也發出「嗯咦？」的聲音，感到困惑。

算、算了！該為在法夫納心中留下良好的第一印象這件事感到高興啊！

「謝、謝謝您。」

愛西亞也露出微笑，低頭向牠行禮。

法夫納看到愛西亞這副模樣，就發出更濃重的喘息聲，再度搖起了尾巴。

『——想。』

想？

『——想舔。』

嗯嗯嗯嗯嗯嗯——

這傢伙面對來不及理解的我，一個勁兒地繼續說道：

『小愛西亞，舔舔。好可愛，舔舔。』

——呃。

我用手掩住了臉——

不行了。啊啊，不行了。這傢伙是超廢的那種龍啊……！

我的天啊！這傢伙……事情發展的情況出乎意料！沒想到，那位「黃金龍君」居然是個舔舔分子！

「……牠是想把愛西亞吃掉嗎？」

莉雅絲歪起頭這麼說！

莉雅絲這傢伙，怎麼會說出這種純淨無瑕的感想啦！一誠要是看到那種反應，可是會十分苦惱的耶！

不對，不是那樣！法夫納才不是那樣想！

這傢伙正在對愛西亞——發萌啊！

我深深地吸了口氣，改口向牠說：

「那麼，法夫納。由愛西亞來當你的下一個契約對象還不賴吧？」

『…………』

法夫納雖然默不作聲，但因為牠正猛烈地搖晃著尾巴，應該可以視為同意了吧。話說，你是狗啊？

事情邁往下一個階段。

「你跟這女孩簽訂契約，還是會索取相等的代價吧？」

為了締結契約，牠是想建立獲取等價報酬的關係呢？又或者會無償回應對方的願望呢？

就算同樣都是訂立契約，但前者與後者所代表的意思將會完全不同。

如果法夫納選擇了前者，就必須支付符合牠期望的東西才行，而對方要求什麼報酬就是最棘手的一點。如果牠想要昂貴的物品還算好了，但要是牠想得到契約者的身體部位或是魂魄之類的東西，與對方斡旋就會變成一件令人苦惱的事。不過呢，這傢伙應該是不會向愛西亞索討那些東西才對吧。

『本大爺，想索取相對的報酬。』

也是啦。不管怎麼看，尚未成熟的愛西亞與龍王法夫納之間可說是存在著一種不對等的關係。因此這種情況下為了彌補其差距，就必須給予對方一些獎賞或契約金之類的物品。但反過來說，這就表示支付牠想要的同等報酬後，契約就能夠成立。真是不得了啊，事情發展的情況可說是好得令人驚訝。

愛西亞戰戰兢兢地向牠發問：

「那、那個，可是我沒有金錢或是足以獻給龍王先生的寶物耶……」

這一點我早已心知肚明，愛西亞才剛開始當惡魔沒多久，手頭上的金錢等等資源應該缺乏得誇張吧。

我向愛西亞說道：

「那方面我會幫妳想辦法的，莉雅絲也會一起幫妳啊，對吧？」

莉雅絲也點點頭開口：

「是啊，我會負責協助的。妳對我來說不但是我麾下的眷屬，也是可愛的妹妹嘛。」

莉雅絲把手擱在愛西亞的肩膀上，微笑著對她這麼說。我能看出莉雅絲顯露母性的一面，她不愧為重感情的吉蒙里家族成員呢。

「莉雅絲姊姊……謝謝妳。」

愛西亞也一心一意地向她表達感激之情。

法夫納若要索討寶物的話，我跟莉雅絲會負責準備妥當，然後再由愛西亞交給龍王就行了。雖然這方法有點類似作弊，但對常常與恐怖分子對戰的吉蒙里家來說顧不了那麼多，能夠增強戰力最好。為人客氣的愛西亞也明白這一點。

……但在排名遊戲上，多半就會受到規則限制，禁止法夫納出賽吧。牠畢竟是位龍王。

「好啦，法夫納。你想跟愛西亞要求什麼報酬？是金錢嗎？還是當初跟我要求的那種寶物呢？」

我開口詢問後，那傢伙就毫不客氣地說出答案：

『本大爺，想要金髮美少女的寶物。』

牠提出當時與我締約之際相同的要求呢，想用寶物交換契約啊。這傢伙從神話故事裡來看就是個寶藏狂熱者，因為牠一直在收集來自世界各地的金銀財寶嘛。

總之，龍族留下的傳說有很多都跟收集寶藏或是守護寶物有關。就算在眾多神話之中，法夫納也以牠狂熱的行徑而格外知名。

我再度開口問牠：

「那你想要什麼東西當作代價？想要傳說的武具嗎？還是稀有的金屬——祕銀抑或是山銅呢？」

祕銀……只要跟北歐的矮人喊價收購就能買到了。不過，山銅這東西十分稀少啊……

就算是神子監視者，在工作時連續被要求準備山銅也是會感到很困擾的……

要找來如此稀少的東西，不管吉蒙里家多麼富有應該也很難辦到吧。

雖然當初與法夫納締結契約時，我把神子監視者所保管的傳說級道具給了牠……果然準備那些祕礦的話牠就能滿意了是嗎？

儘管我考慮了各種方面的可能性，法夫納仍是面無表情地開口：

『——小褲褲。』

…………

嗯嗯？

……嗯～～那個，該怎麼說呢……牠、牠剛才順勢說出了什麼……？

在場全員都因為法夫納所說的那句令人難以理解的言語而眉頭深鎖。

「是不是我幻聽啊？」

莉雅絲也懷疑起她自己的耳朵。

「牠、牠說庫茶……是嗎？……是某一種龍喜歡喝的茶嗎……？」（註：日文中小褲褲尾音同「Tea」）

愛西亞也有些一頭霧水地說出莫名其妙的詞彙。雖然我活了很長的時間，但從來沒聽過有那種茶！

我轉眼望向龍神大人——

「吾，汁央蕉。」

她正一臉陶醉於美味的模樣大吃著香蕉。她也活得太自由了吧……

法夫納面向一語不發的我們，再度述說牠的要求：

『本大爺，想得到小愛西亞的小褲褲——請將小褲褲賜予本大爺。』

——說的時候居然還用上了敬語！

除了奧菲斯以外的人，全都啞口無言——

我清了清喉嚨，勉力在嘴角勾起一個笑容說道：

「也、也好，這樣也不錯啦。」

我一這麼說，莉雅絲就出聲責難：

「哪裡好了啊，阿撒塞勒！你把法夫納封在人工神器裡面的時候，是不是失手下了什麼

招術啊？不管怎麼說，小、小、小褲……咳咳！」

莉雅絲清完喉嚨調整呼吸之後，繼續說下去：

「……我可沒聽過拿內衣褲當獎賞這種事情！你對牠做了什麼！」

「是我的錯嗎！」

就算是我也嚇到眼珠子快蹦出來的程度！這是我的責任嗎？莉雅絲與朱乃她們這兩名吉蒙里年長組正用惡狠狠的眼神看著我對吧！妳們學壞了喔！

「沒有啦，莉雅絲妳就饒了我吧！我、我怎麼可能做那種……」

雖然我正想開口辯解…………咦咦！總覺得會發生這種事好像也不算全然沒有頭緒……

『法夫納既身為龍又是名龍王，應該很健壯吧？那就來拿牠試些東西！』

我好像就這樣鼓起幹勁做了亂七八糟的實驗……還是沒做呢……不對，應該有做吧？

「嘿嘿！」

我做出不符合年齡的動作，可愛地眨了個眼，伸伸舌頭蒙混過去。

「…………」

然後一股赤紅的怒氣立刻開始覆蓋莉雅絲的全身上下！哎呀，紅髮滅殺姬(ruin princess)轉換成暴怒模式了！

朱乃用不屑的眼神望著我！

「果然有鬼，因為阿撒塞勒就是會這樣做。必須向父親大人報告才行。」

好嚴厲！朱乃只有對我才特別嚴厲！可惡！就算把妳傾注給一誠與父親那份感情剩下來的碎屑分給我也好啊！我也是有把妳當成一位可愛的姪女來看待耶！

「我早就料到會這樣！阿撒塞勒老師果然是惡勢力的頭目啊！」

該死的羅絲薇瑟！居然給我充滿自信地豎起手指挺過來！

「阿撒塞勒，壞叔叔。」

連奧菲斯也在霸凌我！好過分！壞叔叔是怎樣啦！

等等！我心中浮現出一個讓法夫納變得這麼廢的可能性！

北歐的眾神們曾讓遭到魔帝劍格拉墨打倒的法夫納重生，該不會是那時候稍微把牠的腦袋給接錯線了吧？不，一定是這樣沒錯！北歐神話的主神可是那個色老頭奧丁啊！會出那種錯也不奇怪啊！就決定是這個原因吧！

不管怎樣，牠這種性癖好都不能展現在德萊格與阿爾比恩面前。沒想到契約對象是女性的情況下，牠居然能對自己的慾望忠實到這種程度！

「……那、那個，庫茶是那麼昂貴的物品嗎？」

愛西亞到現在都還沒掌握狀況，她真是個純潔的女孩。

朱乃附在愛西亞的耳邊悄聲細語，看來她是打算告訴愛西亞事情的真相吧。

而愛西亞一明白法夫納話中的意思，立刻滿臉通紅，手足無措地開口說：

「……怎、怎麼會，想要我的……內、內褲呢……！」

這項事實對她而言應該頗具衝擊性吧。這對迄今進行過各式各樣情境模擬的愛西亞來說，可說等同於晴天霹靂。

莉雅絲看來也同樣對這要求感到遺憾，她開口勸說法夫納：

「我認為那項要求實在無法達成。不能改成其他的願望嗎？我們準備得出任何比內褲還高價的物品喔。」

吉蒙里家一旦認真起來，應該能拿出相當高級的寶物獻給龍王吧。

不過，黃金龍王猛力搖搖頭回答：

『——有錢也買不到金髮美少女修女的小褲褲，要求這個感覺很超值。』

——好深刻。

不知為何，這句話傳進我的內心了啊，法夫納！我感覺到你正在向我傾訴只有男人才懂的熱情……！

心中湧現謎樣感動的同時，我身旁的龍神大人掏出某樣物品想要遞給法夫納。

「吾的內褲，給你。」

那件內褲是從哪裡拿出來的啊！是她現場脫的嗎？還是龍神化現出來的啊？

『…………』

法夫納默默地將鼻尖湊近奧菲斯手上的小褲褲。

——牠竟然給我嘶嘶作響地抽動鼻子嗅聞氣味。

這是怎樣，龍王在聞龍神的小褲褲，這是什麼狀況？這景象很神聖嗎？是一幕傳說級的場面嗎？還是單純很白痴呢？

嗅完奧菲斯小褲褲氣味的法夫納，臉上維持著面無表情的神態，強而有力地開口說道：

『——水果風味。』

糟糕到害我都噴鼻涕啦——

那應該只是剛才奧菲斯吃香蕉時沾在手上的味道沒錯吧？雖然我覺得不是啦！

這樣啊，龍神大人的內褲有果實芳醇的香味啊！

不對，等等啊法夫納！說真的你一點都不覺得奧菲斯把內褲交給你這件事本身很奇怪嗎？為何這麼自然地就去聞人家內褲的味道啦！

不過，這件事換個方式思考也可以說是賺到了！不管怎麼說，能單憑一件內褲就與龍王結成契約這種事，從愛西亞身為新手這一點來看也不算超乎常理吧！

「能用一件內褲換取到法夫納的契約實在是太划算了。妳們也是這樣想的對吧？」

就在我對現場的女性陣容（莉雅絲、朱乃、羅絲薇瑟）這麼說之後——

「「「這有一點……」」」

她們出乎意料地對此抱持否定的態度。

「竟要我可愛的愛西亞把內褲交給牠……！」

莉雅絲的心情似乎很複雜。

「竟然要讓清純的愛西亞做那種下流的事情……」

朱乃也反對吩咐愛西亞去做那種事情。看來莉雅絲與朱乃她們都把愛西亞那幾個年紀較小的社員當成妹妹、弟弟來疼愛，所以才會擁有對他們過度保護的這一面吧。

「這不是什麼能向其他人說的話，絕對不是。」

羅絲薇瑟，不然妳就把在大拍賣買來的內衣褲那類東西送給法夫納如何？

「如果吾的內褲可以的話，那就拿去吧。」

奧菲斯說出這句話。也是啦，而且還是水果風味呢……

愛西亞看著我們不知所措的模樣便放聲大喊：

「我、我不能再讓奧菲斯小姐和姊姊們繼續感到困擾了！朱乃學姊！請妳送我回家一趟！我要去拿內、內、內褲過來！」

她的表情看起來完全下定決心了！

奧菲斯與法夫納之間進行的這一連串互動，似乎強烈地打擊了她的心靈。我只覺得這女孩也受到一誠跟莉雅絲他們的影響，而讓她的價值觀產生某種異變！

「我明白了。既然愛西亞都這麼說了……」

即使朱乃的表情仍顯困惑，還是開口答應了她。

於是，就準備展開龍王和愛西亞之間以內褲締結契約的儀式──

「──我以愛西亞．阿基多之名命令！汝成為我的盟友，回應契約吧！」

愛西亞朝著身處巨大契約用魔法陣中央位置的法夫納，施行締結契約的儀式。

這與不需支付等價報酬的使魔契約不同，是基於利益交換成立的魔物契約……該怎麼說呢，放置於魔法陣中間的立約道具──愛西亞的小褲褲，在眼前營造出難以形容的光景。

在閃爍金光的魔法陣放射出眩目的閃光之後，一切就平靜下來。

魔物召喚的契約已締結完成，法夫納和愛西亞之間建立了互利的關係。

愛西亞將來在回復同伴時，就能把召喚出來的法夫納當成肉盾，或是在進攻的同時施行治療了。

呵呵呵，這麼一來戰力可就強化了不少呢。牠是世界上僅存的五頭龍王之一──不對，把坦尼也算進去的話就是六頭了吧──總之牠可不是一般的防守角色啊。畢竟能攻破龍王防禦的猛將十分有限嘛。

——這時，法夫納兩眼放射精光，將視線投向愛西亞擺在魔法陣中央的內褲。

接著，那件內褲瞬間失去了蹤影。

就在我們一行人環顧周遭，試圖弄清楚內褲消失去哪裡的同時——視線停留在某個位置上頭。

……內褲就捲在法夫納頭頂長出的犄角尖端！

被、被牠掛在那種地方喔～～！龍王的這份堅持讓我忍不住張口結舌。

「啊嗚嗚嗚！我的內褲……掛在那種地方！戰鬥時會被別人看到耶！」

即使愛西亞也已淚水盈眶，但法夫納並沒有老實地聽愛西亞在說什麼——

『小愛西亞的小褲褲，本大爺收下了。能得到這樣的寶物，本大爺很開心。』

那傢伙莫名露出了心生滿足的神色。

「總而言之，我們就為達成契約這件事感到高興吧。」

我話鋒一轉。好啦，正式節目現在才要開始。其實我已設想到這一刻的來臨，並在事前就準備好某樣東西了！

「呵呵呵，我有祝賀用的禮物要送給妳喔，愛西亞！」

我動作誇張地一揮手，就變出一個轉移用的魔法陣！而陣式中出現的身影——是一頭外觀很機械化的龍！牠是我仿照法夫納外型所做出的機械龍！

「這、這是！」

我面對驚訝的莉雅絲，便展露無畏的笑容開口：

「這個啊，是我視為極高機密開發出來的『機械龍王』機器法夫納！愛西亞！我這就來幫剛完成契約的妳做個實驗！試著讓法夫納打倒這傢伙吧！」

來吧，我的學生啊！想辦法跨越我給予的試煉吧！

「這一定又是盜用神子監視者研究費做出來的東西。你在這種實驗上竭盡全力的行為，以為人師表的立場來說實在很沒品呢。」

羅絲薇瑟那傢伙居然按著額頭露出一臉傻眼的表情！但她猜得沒錯！

「那麼，我就先出第一招嘍！」

機械龍王在我發出吆喝聲的同時開始動作。

雖然機器法夫納從眼部射出光束——法夫納卻擋到愛西亞身前，化作她的盾牌為她吃下這一擊！喔喔，龍王立刻就做出很棒的反應了嘛！而且還毫髮無傷！

『守護小愛西亞。本大爺，還會再得到小褲褲。這就是，黃金方程式。』

法夫納的心中似乎萌生了某種牢不可破的信念！

愛西亞與機器法夫納之間的戰鬥揭開了序幕，讓她也做出了覺悟。

「是、是的！那麼，法夫納先生！麻煩打倒那位機器龍先生！」

就在龍王使愛西亞展開華麗的出道戰之際——

「喂，父親大人？阿撒塞勒又做出奇怪的東西了。對，嗯，是一架龍形的機器人。」

朱乃則正在向組織成員——也就是她的父親巴拉基勒進行報告。

——唉，我又要被歐穆赫撒罵了。

不過也沒差啦，因為沒有任何人能阻止我尋找樂子！

不管是這些傢伙抑或駒王學園的學生們，我都會盡可能培育！

我望著被正牌龍王轟飛的機械龍王，在心中為學生的成長感到喜悅。

過了幾天，因為我對某件事情感到在意，於是便私下詢問法夫納：

「順帶一問，你對愛西亞的內褲有什麼感想呢？」

『——本大爺認為那是無價之寶，擁有金錢也買不到的價值。』

——牠又說出一句很深奧的話了。

看來牠也有一套自己的哲理呢。可惡！明明一臉腦袋空空的模樣！看來牠被稱為龍王可不是叫假的啊！法夫納是頭也能在一件內褲中發掘出寶藏價值的龍！

真是的，不論傳說之龍本身還是牠們的宿主全都是一些奇怪的傢伙！

啊，話說我本來也是法夫納人工神器型態的宿主就是了。

Life.2 赤龍帝平凡的一天

距離莉雅絲啟程前往羅馬尼亞已過了幾天……某一天，我偶然經過了學生會的門口——

「今天要展示新的能力給我看喔☆」

有一陣情緒高漲的熟悉聲音傳進我的耳裡。

我停下原本打算直接通過門前的腳步，透過門扉微微留著的一道小縫窺看室內。

「姊姊，妳突然現身就說想見識眷屬的人工神器這種事……」

「因為因為嘛，小蒼那的眷屬得到新的能力了呀，姊姊就是想要看看嘛！」

……嗯，開展於房內的景象由一臉困惑的蒼那會長、西迪眷屬們，另外還有面露不滿，出言逼迫對方的魔王利維坦陛下所構成。

話說魔王陛下怎麼會出現在這裡啊？

才剛發生完魔法師襲擊事件，冥界應該還在趕著統整情報之類的事情才對啊……？

就在我狐疑地偷看著他們時，利維坦陛下露出一副像是注意到什麼似的模樣，開始四處張望……然後發現了正在偷窺的我！

真不愧是魔王陛下！感知氣息的能力實在太出類拔萃啦！

魔王陛下打開了門，對我展露笑容道：

「你出現得真巧！小赤龍帝也一起過來吧☆」

……看來，我似乎被捲入了一樁小小的麻煩中。

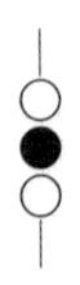

換了個地方，我、利維坦陛下、會長——另外還加上西迪眷屬的成員們在此齊聚一堂。大家全都穿著運動服，我當然也和他們一樣。

這裡是位於西迪領地底下，空無一物的廣闊空間，和我們神祕學研究社成員們經常利用的修行空間長得一模一樣。也可以說，這地方大概類似學生會版本的修行空間。

——那麼，說到我為何會跟利維坦陛下與學生會成員們一起來到這裡的緣由……

「——因此，今天胸部龍先生蒞臨此地，擔任特別來賓☆那就請蒼那讓我看看眷屬得到的新能力吧！」

利維坦陛下的情緒依然很高昂。她還是一樣這麼有精神呢……

利維坦陛下之所以突然造訪會長，和西迪眷屬新近入手的人工神器有關。

她似乎無論如何都對妹妹眷屬獲得的力量在意到不行，此外，利維坦陛下從以前開始好像也對人工製造的神器很有興趣。

一旁的蒼那會長帶著歉意對我說：

「一誠同學，對不起。害你被突然扯進這種事情……」

「這沒什麼啦。不過，利維坦陛下忽然來到學校讓我嚇了一跳就是……」

我真的有被她嚇到，因為才剛發生過魔法師襲擊事件嘛。我們這些基層的惡魔也開始擔心魔王陛下會不會驟然來訪。

會長接下去說：

「她本次造訪的理由，好像是為了再次確認此處這個三大勢力特例區域內的現有戰力。因為前陣子才剛發生過那種事件，魔王陛下的意思應該也是想親自進行視察吧……但儘管如此，我還是覺得她有點缺乏緊張感。」

會長本身似乎也不太清楚利維坦陛下這次為何要造訪。

不過之前確實才發生了那樣的事件，冥界的高層當然會想再一次確認這裡的戰力。就是基於那方面的含義，她才會想要見識西迪眷屬的新能力吧。

利維坦陛下看到妹妹嘆著氣的模樣，也嘟起嘴說道：

「因為嘛，就算待在冥界，議會的那些老頭子們也全都在吵一些有的沒有的麻煩事，會議根本就沒辦法好好進展啊～～」

魔王陛下露出氣鼓鼓的可愛模樣。

她口中所說「議會的那些老頭子們」，是指政府的諸位高層官員嗎？我曾聽說那些比魔王陛下還年長的老一輩政治家們，如今說的話還是能帶來很大的影響力。

——那麼，說到為何連我都被徵召來這裡呢？這是因為利維坦陛下臨時選中我擔任西迪眷屬試驗那項新能力的對手，希望我陪他們進行訓練。

儘管這是個偶然，但我經過學生會門口時偏偏往裡頭偷看了，應該是我運氣不好吧。

會長向嘆了口氣的我說道：

「不過，請你放心。我事前也已經徵得朱乃跟你的經紀人蕾維兒的同意，蕾維兒覺得這將是個能得知西迪情報的好機會，感覺也很開心喔。」

已經得到朱乃學姊跟蕾維兒的同意了啊？真不愧是會長，事前準備真是做得太完善了。

換言之，蕾維兒也贊成我陪西迪進行訓練吧。

哎，那女孩想必是——

『因為一誠先生曾在排名遊戲中被西迪眷屬狠狠打擊過一次，先趁這次機會把對方摸個清楚，也是為了未來著想呀。』

——這麼盤算才答應的吧。

會長繼續說下去：

「我正想說以後也要找個時間與吉蒙里眷屬共同訓練，那這次就先與一誠交個手吧。」

我也很贊成跟西迪他們實行團體訓練。對上不同的練習對手，想必能帶來激勵的效果。

會長對西迪眷屬們這麼說：

「雖然大家應該都已明白一誠在遊戲中的活躍以及實戰上的風格，不過今天就跟他討教幾招吧。」

『是。』

西迪眷屬的成員們也出聲回應。

哎，即使有種被對方氣勢洶洶帶來這裡的感覺，但弄明白來龍去脈之後，就發現其實也沒什麼。總之，只要跟西迪隊伍進行我和神祕學研究社成員們平常特訓的內容就可以了。

也就是說，我只要陪他們訓練就好啦！

——那麼，在特訓開始前來簡單歸納一下。

西迪眷屬跟我們吉蒙里眷屬一樣，是會每天反覆進行訓練的類型。於是眼見神祕學研究社在前些日子的魔法師襲擊事件中大顯身手的會長就——

「我們也增加練習量試試看吧。」

——似乎隨之想到了這一點。

即使身為惡魔，若不斷重複進行練習，也非常有可能超越基本能力的限制大顯身手——據說會長得到了這個肯定的結論。

如前所述，這片廣大的領域是西迪家專用的修行空間。它跟我們神祕學研究社平常使用的那個設置於吉蒙里領地底下的修行空間是一模一樣的東西。會長也仿效該處設計，自費在西迪領的地下建造了這麼一個空間，而自掏腰包的這一點實在是很有會長的風格。

好啦，稍微舒展完筋骨的我，就來試著陪他們做個練習吧。要與不同於平常的陣容進行特訓這件事，也讓我雀躍起來了呢。

……話說，我還真是個練習狂啊。光是進行練習的對象不同就感到這麼高興，足以證明我是打從心底沉迷於淬煉自己的身體。

畢竟能變強是好事嘛。不管是為了惡魔的將來著想，或是準備應付敵人襲擊都很好呀。

我甩甩頭打起精神詢問會長：

「要用什麼形式進行訓練呢？」

「能麻煩你陪他們對練嗎？因為平常都有在做基礎訓練，缺乏的是實戰形式的練習賽。」

要對練啊～～我偏好模擬實戰的練習，因為那就像是一切基礎訓練的總和。沒有任何方法能比對練更適合摸透對手了。

「那我能用乳語翻譯（pilingual）嗎？」

我再度開口這樣問。西迪小隊裡頭的女性成員很多，我在想能不能用這個對胸部喊話的招數。

『麻煩你不要用。』

女性成員們異口同聲地這麼回答。我想也是啦！

「呀～～！這女孩就是傳聞中的死神少女吧☆」

我聽到利維坦陛下傳出嬌呼。一往聲音傳來的方向看去，就發現利維坦陛下正摟抱著西迪的新成員——死神（grim reaper）班妮雅不放。

話說，雖然我事到如今才注意到，但原來死神少女班妮雅跟那名魁梧的男性路卡爾也在現場啊。他們的外型明明都別具特色，存在感卻很稀薄呢……

班妮雅像平常那樣作死神裝扮，路卡爾則跟其他西迪小隊的成員一樣身穿運動服。

「…………」

路卡爾還真是沉默寡言啊。他身形高大，體格也不錯。此外還擔任隊伍裡的「城堡（rook）」！攻擊力與防禦力似乎都很強悍，我和他之間大概會展開一場熱烈的格鬥戰吧。

『我跟這位路卡爾大哥這次只是來觀摩的喔。』

班妮雅這麼說道。啊，他們是來參觀的喔。可是我一直想見識一下死神揮舞鐮刀的特殊技法耶……唉，算了。

利維坦陛下從背後反架著班妮雅的雙臂，開始瘋狂地寵愛起她。

「呵呵呵，好可愛好可愛喔☆那位路卡爾也很紳士呢♪」

看來利維坦陛下對妹妹的新眷屬感到很滿意。

哎，我就別管那些，開始和他們對打吧。

我迅速完成禁手化(balance break)，裝備上鎧甲。

「首先派出我們隊伍的『城堡』——翼紗上場。」

在會長催促之下登場的是一名身材修長的女孩，她的手上戴著半指手套。

「請多指教，兵藤。」

「嗯。」

她叫——由良翼紗，是西迪的隊伍裡面擔任「城堡」的其中一員。

聽說她還是人類的時候雖然沒有繼承什麼特殊的血統，但體質上天生就看得到超常存在及現象，而且能夠與那些東西進行接觸，經常直接以肉身迎戰非人者對手。

「開始！」

就在會長下達指示的同時，由良縱身飛撲向我！

她移動的腳步輕快到令人難以聯想她的身材是如此高挑，再搭配上那輕盈的身法，掄起

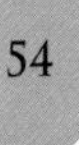

拳腳瞄準我的死角攻來！

嗯！應該是因為她把體重施加在攻擊上的緣故，讓她的每一擊都比同樣身為「城堡」的小貓那不加修飾的拳頭還來得沉重！

儘管小貓的動作比較快，但由良也有著活用她修長身材優勢創造出的廣大攻擊範圍。例如她祭出上段迴旋踢之類的招式在途中改變軌道襲向我，想避開卻被擊中等狀況屢屢發生。

不過，我擁有赤龍帝的鎧甲（boosted gear scale mail）。不管是蘊藏魔力的拳頭或是踢擊，那些半吊子的攻擊可是傷不了我的！然而，衝擊會傳導進內部就是了！

進行著這場近身搏擊戰的同時，我朝由良開口說：

「我聽說了喔，由良。在還沒轉生惡魔前，妳就只單憑體術痛揍了惡靈與魔物啊。」

她回以我一張大膽的笑容：

「是啊。不過還是人類的話，就無法對抗強悍魔物啦！」

由良將大量魔力灌入右直拳！即使我躲過這凌厲的一招——大腿處卻傳來衝擊。

我被她充盈魔力的左下段踢給擊中了！那記右直拳只是個幌子！她察覺到我會順利避開，於是瞄準這個方向！

不錯耶！這場肉搏戰熱烈起來了！既然這樣，吃我這招如何！

我從右手釋放出魔力彈攻擊！也就是神龍彈！

儘管神龍彈勁勢猛烈地向前衝，但就在它即將直接擊中目標的那一刻，由良身上起了變化。

「盾啊！」

由良的左臂顯現一面大盾，正面接下我使出的神龍彈！

它是人工神器——精靈與榮光之盾(twinkle aegis)！

就算轟響起劇烈的爆炸聲——由良依舊毫髮無傷！她用盾牌成功防禦了我的魔力彈。

這面盾還真難搞！那就是她從阿撒塞勒老師那裡得到的人工神器！它以那份與「城堡」特有牢固防禦力相輔相成的駭人硬度為豪。

我記得它也具有與精靈取得契約後，便可將精靈的能力附著於盾牌上的特性。

……她的盾牌上纏附著火焰，看來是與火之精靈那類的存在締結契約了吧？

由良將她變成一面炎之盾的神器用投擲飛盤的方式扔了過來！就在我彈開它的同時，它又好好地回到了由良的手中！

在近身距離展開以盾防禦的肉搏戰，若賦予盾牌屬性也有辦法進行遠距離攻擊。

……這還真是一項周到的能力呢。既能活用人工神器的特性，又能彌補自身的缺點。如此難對付的「城堡」還真是少見啊。

利維坦陛下目睹由良的能力，情緒也跟著高昂起來。

「那就是小翼紗能拋得像溜溜球一般的盾牌呢☆我想看它像超火炎溜溜球那樣迴轉！」

……魔王陛下，妳的眼睛發出閃爍的光芒了！到底是有多喜歡妹妹的眷屬啦！

因為我打到現在也已經熱好身，便提升檔速一口氣逼近由良。

十五分鐘後——

氣喘吁吁的由良癱坐在地板上，舉起兩隻手開口：

「……不愧是赤龍帝，你真強啊。我認輸了。」

雖然由良投降了，但她直到最後都沒有用那面盾牌祭出關鍵一擊。不過我也沒有使用三叉升變跟真「皇后(queen)」這些招數就是……即使如此，她的防禦還是很強勁。

「不不不，妳的防禦力強度才真是高到嚇人呢。」

我伸手拉起坐在地上的由良。

這東西的特性可以完全封住力量型對手呢。不管是那面盾牌的硬度，或是藉由與精靈建立契約而能施展多樣化攻擊的技術型要素都一樣。對於隊員結構多為力量型成員的吉蒙里小隊來說，她屬於我們難以應付的那種能力者。

……一旦舉行比賽對上由良的話，派出著重技術層面的木場，或是同樣會操使屬性魔法的羅絲薇瑟對付她應該比較合適吧。

結束了我跟由良這場對戰，會長便派出我的下一名對手。

「下一位由巴柄上場。」

「是。」

一名帶著日本刀型神器的女孩邁步向前。

——她叫作巡巴柄，是西迪眷屬內的其中一名「騎士(knight)」。

據說，她出身於以退魔營生的巡家一族。身攜附有靈力的靈劍，用獨特的劍術祓除魑魅魍魎。

不過，傳聞中那支巡家族招惹了某隻妖怪的忌恨而被降下災禍，讓她的魂魄與生以來就遭受詛咒。

巡的雙親覺得可愛的女兒因詛咒喪命實在是太可憐了，就慌不擇路地召來惡魔，並向對方提出幫女兒解咒的請求。

而當時那位被召喚來的惡魔，正是蒼那會長——

不過要成功解除詛咒，只有把她轉生為惡魔這條路可選。會長是聽從她雙親的願求，才會把她收為眷屬的。

召喚出的惡魔是會長這一點還滿不錯的呢。而且她在拯救巡這項委託上，並沒有向巡家族收取將她納為眷屬以外的報酬。

雖然由於家族裡頭出了個惡魔的關係，讓巡一家人遭到退魔業界放逐。不過在那之後，

巡也得以與雙親平靜地生活在這個鎮上。

她也跟剛剛上場的由良一樣屬於前衛型隊員。

巡掄起劍。嗯，她持劍的姿勢跟木場不同呢。木場的架式雖然類似日本劍道的型態，但實際上比較接近自由劍擊的形式。而潔諾薇亞則等同於完全沒架出任何劍式。

巡執劍的模樣是有架子的，她的動作優美又精確——

「開始！」

在會長的號令之下，巡使勁吆喝一聲，用那把刀型人工神器朝我攻來！神器的刀身上錯綜交纏著白色與黑色的兩股靈氣！

閃光與暗黑之龍絕刀（blazer shining of darkness blade）！

名字好長！而且命名的品味實在很那個——！

雖然它是從老師的中二精神與黑歷史之中誕生出來的道具……不過相當具有破壞力。因為才剛避開那一擊，她的刀就一招劈在我前一刻身處的位置，在領域的地板上刨出巨大的坑洞啊！

……它的特性跟木場那把融合神聖之力與魔力的聖魔劍好像又不太相同呢。若要說是哪裡不一樣，大概是某種同時發動強烈的光屬性與闇屬性襲向我的感覺吧。那把人工神器並沒有將光與闇兩種元素結合起來。

……根據老師所言，那把刀似乎是他參考木場那把聖魔劍所創造出來的東西，以他長年的研究為基礎暫時得到的答案……

這把劍的特性比起木場所擁有的那把聖魔劍，似乎比較接近潔諾薇亞的那種破壞力。

利維坦陛下看著巡手持的刀劍，顯得更為興奮。

「跟阿撒塞勒在運動會上揮舞的劍一模一樣耶！我並不排斥這種做法喔！那種氣勢正是政治層面上不可或缺的特質呢！」

真的假的！冥界的政治居然會需要那種中二精神嗎？我、我無法理解！

雖然利維坦陛下的態度讓我有點沒勁，但巡仍是向我展現出她在進攻、架式、劍路，以及所有方面上的實力。不過，由於我總是和能力更勝她一籌的劍士對打的緣故，因而得以躲過她的每一招攻擊。

我一抓到她的破綻，就用掌底擊打她的側腹將她轟飛。

巡在領域的地板上滾了好幾圈。等她好不容易停止翻滾時，就撐起上半身高舉雙手。

看來她是在表示投降。我飛躍到她的身邊，朝她伸出手。

「嗯──雖然這把劍的威力很強大，卻完全打不到兵藤同學呢。」

巡在起身之際這麼說道。

「還好啦。因為我老是跟習慣頻繁出招的劍士，還有一擊必殺的劍士對練嘛，意外地還

挺擅長跟劍士對戰的方法喔。」

「你是指木場同學跟潔諾薇亞同學對吧？一提起他們兩人的名字，對敗戰感到後悔也顯得很蠢了呢。」

巡也苦笑著這麼說。

「沒有啦，我也覺得巡相當厲害喔。那把劍是老師打造的沒錯吧？也無法得知它隱藏著怎樣的特性……」

我真的很怕被這把刀碰到，因為有可能在接觸的瞬間就傳出「發動隱藏特性！劇毒！」的聲音……

巡也露出打從心底感到厭惡的表情。

「別、別說了啦！我明明就刻意避免這麼想耶！」

啊～～她心中果然也懷抱著不安啊。那為什麼要選擇那把神器啊？

雖然我正想這麼問，但我記得她曾回答過我「因為它很強大」這樣的話呢。巡出乎意料地是個有趣的女孩子耶。

在由良、巡之後，接下來是——

「那麼，這次就換三個人一起上吧。桃、憐耶、留流子，妳們三個試著跟一誠打上一場。」

「「「是。」」」

出現在我眼前的是一支由擔任「主教(bishop)」的花戒、草下，以及「士兵(pawn)」仁村三人集結而成的小隊。

……有一名前衛跟兩名後衛啊？花戒跟草下她們的能力原本就不適合戰鬥，應該是與仁村硬湊成隊伍才得以與我對戰吧。

根據傳聞，花戒的父親似乎是某間企業的高層人士，從以前開始就與西迪家頗有淵源。雖然無法得知詳細的來龍去脈，總之花戒如今成了一名惡魔。然而她變成西迪眷屬的原因好像跟願望或委託方面無關就是了……

草下則由於她的祖母本身是一名魔法師，因此得以認識惡魔，並遇見會長。據說草下的聯絡、諜報能力都是藉由向祖母學習的魔法獲得而來。

最後來說說擔任「士兵」的仁村。聽說她是偶然邂逅了學生會，碰巧知道了惡魔的存在，然後再氣勢猛烈地拜託對方把自己轉生為惡魔。

「唔，怎麼了嗎？兵藤學長，你是不是躲在鎧甲裡看著我苦笑啊？」

她就是直覺敏銳的一年級學生——仁村同學。

話說，會長能答應仁村光憑一股衝勁就決定要當惡魔的這項要求，也是個厲害的人物呢。

……不，她可是會長耶，應該是發覺了仁村所擁有的才智而答應的吧。因為她那個人絕不會去做任何自己認為無益的事情。

那麼我就跟這三人來對戰對戰嘍！

跟我擺起架式正面對峙的人是「士兵」仁村，這名女孩長長的雙馬尾令人印象深刻。她的個性頗為要強，是那種心直口快的類型呢。

她的兩腿綻放光芒，裝備起一副腳甲。那東西正是仁村的人工神器。

——玉兔與嫦娥（procellarum phantom）。

那是一副包覆範圍直達大腿的腳甲，可說它著重於強化裝備者腳程與踢擊的破壞力。

仁村升變為「皇后」之後，就咚咚地輕盈跳了幾步——然後直接消失了！

她瞬間在我眼前失去蹤影！這就表示——！

我察覺到一股出現於背後的氣息，便迴身採取防禦的架式。這時一記凌厲的中段踢擊襲來！其所挾帶的確切攻擊力穿過鎧甲傳導到內部！

氣勢驚人的靈氣從她的腳甲湧現，提升那招踢擊的威力。不對，這不僅止於提升攻擊力，應該已讓她的踢擊強度暴漲到尋常的十倍以上了吧！

踢擊被我擋下的仁村刻不容緩地向後飛退，再度寂靜無聲地消去蹤影。等我一注意到視線與氣息傳來的方向——就看到仁村的身影已返回那兩名「主教」的身旁。

好快。雖然比不上木場的速度，但還是快過潔諾薇亞。也就是說，她的類型並不屬於那種視線追得上的對手。若不運用氣息與直覺查知她的動向，就會被奪得先機。

以我所見，她與「皇后」的「騎士(knight)」特性頗為契合，和與「城堡」較為合拍的我完全相反啊。

利維坦陛下歡欣雀躍地望著這幕光景說道：

「小留流的速度好快喔～～♪特性近似於『騎士』的『士兵』在排名遊戲上很容易對付使用非典型戰術的對手呢。在西洋棋賽裡進行升變之際，視局面而定也有可能選擇『騎士』，而非使用『皇后』。」

我聽過這種說法呢。實際在下西洋棋的時候，根據戰況也是會有把「士兵」升變成為「騎士」，而不是「皇后」的情形。這是因為遇到需要運用「騎士」特殊走法的情勢。

仁村的身影消失了第三次，她是要來伏擊我了吧。我壓低重心擺起架勢，等待對手發動攻擊。她的攻擊力並非強得無法阻擋，即使仁村很擅長以速攻發動襲擊，但我估計她最重要的「必殺一擊」並不具關鍵性的威力。

仁村從架式沉穩，準備應戰的我側旁現出身形，朝我祭出踢擊。她的速度果然很快，我的攻擊在這場戰鬥中完全碰不到她，但她的每一擊卻能夠全數命中我。

在她以輕巧步伐移動的同時，也送來好幾招兼具勁勢與迅捷的踢擊。

什麼嘛，這種對打模式我早就習以為常了呢。為了攻擊無法打中對手而大傷腦筋，這種事對我來說已是家常便飯。因為大家全都打算在躲過我出招後動手回擊，我也就有了對付這種情況的方法！

即使我忍受著對手胡亂的攻擊，仍在腹內製造出火種。我猛然吸了口大氣——一個勁將它噴了出去！

龍炎在我的周圍延燒開來。雖然那道火炎正要將仁村團團包圍——但她卻察覺到危險，動身退出擴展的火焰。是的，既然面前是一片火海，我早就預料到仁村會選擇逃跑了！

看準那一點的我往火場中移動，步步逼近仁村。

「糟了！」

仁村緊張到表情扭曲！拿下她啦！

就在我以右手掌底擊向她的那個瞬間——

一道青藍色的結界包圍住仁村！那堵結界堅固到就算吃了我掌底一記，仍舊是文風不動！

我望向身為「主教」的花戒，就看到她變出了一副手環。

「守備就交給我負責吧，留流子。」

花戒露出微笑，那手環應該就是剎那的絕園（applause wall）吧。

沒錯，她的人工神器擁有能在剎那間用結界包覆目標物的能力。那座結界相當堅固，半吊子的攻擊無法動搖它。

只要目標位於一定的距離之內，瞬間就能產生結界的這項能力既強大又棘手。

——這時，有某種東西劈哩啪啦地打在我的肩膀上，那是一群懸浮於半空中的面具。

我一將視線投向草下，她就輕輕地吐了吐舌頭說道：

「因為我擅長諜報作戰，但對攻擊不太拿手。不過，我在想是不是能試著運用這點招式呢。」

原、原來如此，真是勇氣可嘉！「主教」草下的人工神器是一大群在空中盤旋的面具。

我記得那東西叫作怪人們的化妝舞會（scouting persona）。

由於它能夠進行遠距離操控，因此很適合應用在諜報活動上，功能是讓使用者透過面具窺知遠處的情景。雖然是可以像這樣移動面具撞擊對手……但面對防禦力高強的敵手來說，就只剩下令對方分心的效果而已了。

「小桃跟憐耶兩人擁有的能力都好有個性喔☆」

利維坦陛下這麼說著頻頻點頭。

正如魔王陛下所言，西迪的神器各有千秋。這麼一來，就表示能妥善分擔他們的工作了吧。

我重新擺好姿勢。好啦，這該怎麼辦呢？仁村跟花戒的聯手應戰很難攻破。儘管擊潰任何一方就可確定取得勝機，不過她們兩人能補足彼此的缺點，讓身在戰局中的我猶豫不決。可以讓長處與短處互相彌補的布局……我認為西迪眷屬是一支平衡度比吉蒙里眷屬還要高的隊伍。我們隊伍裡可是擁有五名足以說是「超」突擊型的成員啊……

我露出苦笑，甩甩頭重新打起精神。

……那麼，就來看看打到最後，我和仁村哪一方會剩下比較多的精力吧。

如果筋疲力竭的話就出局了喔，仁村！

我直接飛衝而出。這場勝負會決定老師的人工神器與我的神器哪一邊比較強！

「你啊，真是個怪物耶。居然想同時跟三個人比拚耐久力……」

匙在我的身邊嘆了口氣這麼說。

在那之後，我就把戰局轉變為持久戰，壓制住仁村她們。由於仁村大概也尚未完全熟悉神器的操作，因此無法掌握自己的步調，在跟我打到一半的時候就用盡氣力了。

而後我就成功一口氣攻進仁村以及花戒她們身邊，草下看到她們兩個人投降的模樣，也開口對我表示認輸。

於是我就這樣，跟每一位從阿撒塞勒老師手中得到人工神器的西迪眷屬打過了一輪。

「今天不用跟匙和真羅副會長你們交手沒關係嗎？」

我如此詢問匙與真羅學姊。

真羅學姊推了推眼鏡開口：

「是啊，這次最主要的目的就是讓人工神器組嘗試與兵藤同學對戰……我認為會長多半是想藉眷屬與擁有神滅具(Longinus)的赤龍帝兵藤同學交手這件事，以觀察各式各樣的情況吧。」

哦，所以她是想順便調校人工神器喔？畢竟才剛裝配完畢嘛。

證據就是她們使用道具後顯現的疲勞感非比尋常。事實上，由良跟花戒她們也正癱坐在領域的地板上等待體力回復，那東西就是會令人累成那樣。

這似乎是裝備人工神器特有的疲乏感。要卸除或是裝配神器本來就會伴隨著風險，並不是可以簡單操作的東西。

愛西亞被摘除神器之際就曾死過一次，而匙在附掛弗栗多神器的時候，也必須在神子監視者的機構內接受重新調整。

由阿撒塞勒老師構思、製作的人工神器也擁有許多限制以及副作用，而其中使用後伴隨而來的劇烈疲勞感成為了它最大的瓶頸。

「如果過度操作人工神器，會對身體產生負面影響是嗎？」

我如此詢問匙。他繃起臉點點頭回答：

「是啊，老師曾告訴我長時間使用會進入十分危險的領域。雖然不至於削減壽命，但有可能會對自身的特性或是能力帶來某些影響。」

這麼說來，我也曾聽說過在身上追加真正的神器，會對原有的能力帶來不好的影響，這點兩者很相似呢。

會長正在和新面孔班妮雅以及路卡爾商量著某些事情，應該是在討論剛才那場比賽吧，她或許是在詢問那兩人看完我們的比賽有何感想。會長的腦袋裡應該早已開始制定運用新眷屬的方法了吧，好可怕好可怕。

至於利維坦陛下則是——

「小班喜歡胸部龍是嗎？那妳有沒有收看魔法☆小利維呢？」

『我是個道地的乳龍帝影迷，不過小利維也不錯看啦。因為我比較喜歡創作上依據的作品咪露琪，因此有些地方我還是完全不能接受。』

「這樣啊！妳是咪露琪的粉絲呢！我好高興喔！那妳喜歡第幾部作品呢？我是全部都喜歡！」

『我是初代作品的信徒。啊，不過，第三部的——』

啊啊～～利維坦陛下和班妮雅聊開了。這個新成員也毫不費力地就和魔王陛下打成一片，兩人之間的氣氛不錯嘛。面對魔王陛下卻不顯得畏縮的新人真是大膽耶。

「…………咪露琪。我不明白。」

路卡爾則是只吐露出寥寥幾個字。

——於是，我們這幾個人也繼續聊下去：

「如果我能得到像阿基多學姊那種治療用的人工神器就好了呢。」

階級為「士兵」的仁村，發出「嗯～～」的聲音歪起頭這麼說。

「妳怎麼會有這種想法呢？」

真羅學姊如此詢問。

「前衛陣容只要有巴柄跟翼紗在應該就沒問題了，『士兵』要進行近身戰鬥可能還是很勉強。」

不不不，雖然妳是堂堂的赤手空拳，但動作十分迅疾，踢擊也頗為準確啊。

就在我跟她說了上述這段話以後——

「被赤龍帝兵藤學長這麼一說，讓我產生自信了呢。」

她意外地很快就振作起來了呢，是個跟潔諾薇亞一樣單純可愛的一年級學生。

「此外，雖然在理論上使用治癒用的人工神器是可行的方式，但我曾聽說那也要承擔相當的風險。」

——花戒這樣對我們說，於是匙便問她：

「妳口中的風險意思是？」

「指的是要學會這項技能，差不多必須耗費其餘所有才能這一點很辛苦。也就是說，若不用上自己大半的能力條件，就無法成功習得。回復這種技能就是如此地珍貴呢。」

正如花戒所言，回復這項能力既貴重又崇高。也因此它強大的威力才會吸引眾人的追求。

儘管愛西亞與生以來便具有回復的能力，不過要想在後天獲得那般技能的害處可不小呢。

話說到這裡，仁村笑了起來開口：

「不過不過，阿基多學姊還真可愛呢～她臉上總掛著一副耀眼的笑容，對誰都很溫柔，讓我好憧憬喔。她的形象完美符合『治癒』這個職務呢。」

哦哦，原來仁村是愛西亞的支持者啊。沒錯，愛西亞超級超級可愛。而且她的笑容也燦爛得很美妙，愛西亞是我的驕傲。

這時，我忽然在意起某件事情，便試著詢問他們：

「西迪對我們神祕學研究社抱著什麼樣的評價啊？呃，我不是指戰鬥層面，而是就平常的生活面來說喔。」

我從不曾從學生會口中聽說過我們在校內的評價呢。

「啊，我大致上明白自己跟木場、莉雅絲社長、朱乃學姊、愛西亞、小貓還有加斯帕會有什麼樣的評語，所以不用講。麻煩說說其他成員的吧。」

我是色狼、木場是帥哥，而莉雅絲與朱乃學姊是眾人憧憬的兩位大姊姊——這些都是眾所皆知的事實。小貓應該是學園的吉祥物吧，我也很清楚愛西亞會得到「可愛」這個評價。學生會對加斯帕的感想我以前也聽過了呢。因為巡是加斯帕的粉絲嘛，她好像喜歡比自己年紀小的人。

那麼，西迪眷屬們對其他神祕學研究社的成員們抱著何種想法呢？

『城堡』由良一開口就說：

「紫藤雖然不是壞人……卻是個奇怪的人呢。」

『確實沒錯。』

全部的西迪成員們聽了由良這句話都跟著點點頭！

花戒說道：

「前些時候，紫藤同學在自動販賣機前面拚命祈禱呢。因為那是台附有抽獎功能的販賣機，所以我想她應該是在向上天祈禱能讓自己中獎吧。」

伊莉娜啊啊啊啊……妳令人遺憾的一面被看到了喔！不要對天庭祈求想抽中自動販賣機的獎啊！妳好歹也是米迦勒大人的A(ace)吧！

擔任「主教」的草下接著說下去：

「我看到紫藤免費發送麵包給無法在福利社買到麵包的學生喔，那好像是她跟潔諾薇亞一起用麵包機烤出來的。」

仁村進一步接著草下的話：

「啊，那可是小有名氣呢，還被取名為『伊莉娜麵包』。雖然它在沒錢的學生之間享有口碑，但紫藤學姊卻遭到福利社的阿姨抗議，被警告而停止這麼做了。」

啊，哦哦——是那台麵包機啊。就是教會三人組在秋葉原買回來的那東西！我還以為她只是在家偶爾烤烤，結果是發送給學生！而且還被警告了！

她一定是本著善意做麵包送人的吧……不過對福利社的阿姨來說實在是困擾至極。她絕對是一邊喃喃唸著什麼迷途羔羊之類的話，一邊送出麵包的！

真是的，開間自稱的麵包店是想怎樣啦！

「抱歉。」

我不知不覺就開口道歉了。畢竟她是寄宿在我們家屋簷下的女孩，讓人很想為她不得體的行為致歉啊！

下一個話題輪到潔諾薇亞身上。匙這麼說：

「運動性質的社團真的瘋狂延攬她入社啊。還滿常有人跑來學生會，希望能幫忙遊說潔諾薇亞去加入他們社團呢。」

哦～運動性質的社團這麼邀請她啊。也是啦，因為那傢伙擁有超群的運動神經，無論哪個社團都會想要她加入吧。

身任「騎士」的巡說道：

「其中最常找潔諾薇亞跟紫藤加入的社團就是劍道社了。雖然我也常被他們邀請，但那兩人的層次完全不一樣，因為她們不管怎麼看都擁有能稱霸全國大賽的實力。」

也是啦，我認為她們兩人如果加入劍道社的話，一定能在那個領域到達巔峰。劍道社理所當然會想要她們入社。但她們畢竟是惡魔與天使，要跟人間界的事情扯上關係還是不太恰當，感覺足以說是違反規定了吧。

不過嘛，包含巡在內的女劍士組在轉生前的實力，大概就已完全達到稱霸全國的等級了吧——仁村苦笑著這麼說道。

「潔諾薇亞學姊在一年級的女學生之間相當受歡迎喔，她已經引發一年級女生激烈的百合百合反應了。她的粉絲裡頭，女生的比例大概要比男生來得高吧。」

這是因為潔諾薇亞若只看外表的話，似乎是很酷啦～～像她那種女孩當然也會成為學妹憧憬的對象啊。不過啊，她脫線的地方可是比我還嚴重呢，那一點在狂熱粉絲的眼中可能也會成為她的魅力所在吧。

「潔諾薇亞是個乖孩子呢。」

就在匙這麼說的時候，草下也點頭附和這句話道：

「先不說她的戰鬥方式如何，我覺得她在平常的生活中很規矩喔。」

也是啦，潔諾薇亞待在學校的時候滿安靜的，不論是上課或者休息時間都平穩地度過。由於她在來到駒王學園前都是在教會裡生活的關係，雖然偶爾會發生欠缺普遍常識的行為，但她還是會馬上道歉呢。

而他們討論的第三個人就是羅絲薇瑟。

「可惜。」

『嗯，她很可惜。』

大家用異口同聲的感想結束了她的話題！

最後要討論的人則是蕾維兒。這時，學生會的成員們一致向我說開口：

「能讓蕾維兒參加我們的學生會嗎？」

「我無論如何都想讓她加入下一屆的學生會！」

「她這女孩實在太能幹了，讓人好想要啊！」

喂喂喂，對蕾維兒的評價還真是不得了啊！根本不只是高評價而已，甚至說出「想要

她」這種話來！

這麼說起來，我是曾經問過加斯帕啦。他說蕾維兒不管是聽課的態度還是平常的生活面上，都活脫脫是個模範生。

即使她倨傲的個性也挺顯眼的，但因為學校裡大家都知道她秉性耿直，好像認為那是她獨特的風格。

學生會成員們是因為這個緣故而提議讓她入會的。當然，他們不是想要她以西迪眷屬的身分加入，應該是想讓她成為駒王學園學生會的一員才對吧。

正因為蕾維兒在擔任我的經紀人，我才會這麼明白！若擁有蕾維兒的力量，的確能將學生會的工作處理得很周到。

花戒逼近我開口：

「就是因為兵藤同學有她替你經辦事情，我才會想拜託你的！下個年度的學生會必須要有她加入才行！」

「沒錯沒錯！」

她身邊的由良也用力地點著頭。

這樣啊，匙他們已經在考慮下個學年度學生會運營的狀況了呢。

「不過，學生會成員都是西迪眷屬不是嗎？讓別人加入沒關係嗎？」

我開口道出那樣的疑問。學生會的成員們互相對看了一下，就對我點點頭。

「會長判斷明年開始也可以招收西迪眷屬以外的人員了。不然再繼續這樣下去，也沒辦法增加隸屬於西迪的成員了吧？」

匙這麼對我說。說得也是，學生會不可能永遠都讓西迪的眷屬們經營下去。棋子的數量僅限於十五個，如果西迪的成員們畢業，學生會的架構早晚會變得必須招收西迪眷屬以外的人員才行。

就是估計到這一點，他們才會希望從下個學年度開始也納入西迪以外的成員吧。

因為這樣，所以對方想讓蕾維兒加入啊？

我感到十分煩惱，這問題沒辦法馬上給出答案呢，而且應該要跟蕾維兒以及神祕學研究社的全體成員商量過比較好。

雖然我因此而不知所措，但會長回到我們的身邊這麼說：

「不可以說些會讓一誠困擾的事情喔。」

會長向我伸出援手！真是太感謝了！

蒼那會長推推眼鏡，接著轉變話題：

「那麼，因為一誠陪大家交過手了，就來召開今天練習的反省會吧，可以嗎？」

『是！』

西迪眷屬全員如此回答。他們也會認真地舉行反省會啊。看來對方跟我們相較之下，對自我剖析得更清楚呢。

——這時，會長對我開口：

「如果一誠等下也能繼續陪我的話，就算是幫了我大忙了。」

「陪妳？」

在我心生疑惑的同時，魔王利維坦陛下眼睛閃閃發亮的模樣映入眼簾。

……啊，她的意思是要我陪陛下吧。

我、會長還有利維坦陛下離開那個修行用領域之後，來到的地點是——一間大型的連鎖玩具賣場，他們晚上也有營業。

「呀～～！玩具店果然是人間界之中最棒的店鋪，尤其是日本的店家☆」

利維坦陛下露出不符合她年齡該有的興奮態度，在店裡開始亂晃！啊啊，她接連跑去好幾處不同的地方挑起玩具了！

沒錯，會長所說的「陪她」，就是想要我放學回家時跟她一起順便去逛逛玩具店。真要說起來，是希望我能和她共同協助利維坦陛下的購物行程才對。

漫步在店裡的時候，會長詢問我：

「一誠，你覺得這次重新嘗試與我們西迪眷屬對戰的結果如何呢？」

「我認為你們是一支很不錯的隊伍。與其說平衡度很優秀，不如該說隊伍的組合能夠互相補足彼此的弱點呢。」

「那麼衝擊性──也就是特色這層意義上是不是有點薄弱呢？」

這個嘛，我是有點這麼覺得啦……但這一定是因為認識我們吉蒙里小隊、巴力隊伍，還有英雄派成員的關係才會這麼想的吧。因為這些隊伍的每個成員個性都相當鮮明啊。

「我覺得現階段這樣就可以了。因為我大膽選擇的成員們全都是擁有應用力、日後似乎能夠大幅強化的隊員。」

那些人確實身懷應用能力呢，感覺他們好像學會了比我們隊伍還多的事情。

會長繼續說下去：

「我跟莉雅絲一樣，將來也想正式參加排名遊戲。只不過我們這支隊伍與吉蒙里眷屬不一樣，一開始多半會先吃敗仗吧。」

……我們吉蒙里小隊跟西迪相反，應該從出道賽開始很快就能連戰連勝。唯獨那樣做，才對得起「這支隊伍全都是擁有實力的傑出選手」這樣的評價吧。

會長大膽地露出笑容道：

「然而，這樣也無所謂。惡魔的壽命很長久，參加排名遊戲的時間當然也會隨之變得很大量吧，我打算慢慢花時間一步步磨礪這支隊伍的實力。這些孩子們雖然沒有顯著的特性或是力量，卻也是能夠朝多方面發展的人才。我計畫要花費長久的時間，讓他們能夠應付各式各樣的局面以及對手。」

這時會長突然開口問我：

「我說啊，一誠。你不覺得對上一支即使研究過戰術還是極難攻略的隊伍，是件很棘手的事嗎？」

——！

……我打了一個冷顫。雖然她臉上掛著一如往常的微笑，但我聽了會長剛剛闡述的戰略之後，背脊竄過一股涼意。

……這個人已經以幾十——不，她已經在以幾百、幾千年為單位架構起遊戲的戰術。

我感到一股些微的寒意。一想到這支隊伍——由蒼那會長所率領的這些眷屬將來會成為我們敵手這件事，就讓我打從心底覺得恐懼。

吉蒙里是一支特化型的隊伍，假如被稱譽為「後勢看漲新人」的我們正式參加排名遊戲，說不定能憑現有的火力在前期勝出。

不過——如果受到其他隊伍解析的話將會如何？

我不覺得吉蒙里的眷屬每個人都擁有應用能力。遊戲與實戰不同，存在著多樣化的規則。它們既能成為武器，也會變成我們的束縛。

……像我們這種擁有出眾特色的人物，很容易被那種規範困住。相反地對西迪眷屬來說，那些各式各樣的賽則不就變成手中的武器了嗎？

他們的陣容無論面對什麼樣的章程都能從容應對——

原來如此，這支富有應用力的眷屬在結構上應該能夠長期運用。

我還真是學到一課了呢，這在我將來網羅眷屬的時候似乎能幫上大忙。

我在店裡繞著的同時，思考起將來要如何安排麾下眷屬的結構。

利維坦陛下把玩著店內展示的玩具，開口說道：

「我聽說這間店在預定發售日的前一天晚上就會把商品陳列好，只要跟對方交涉的話就可能買得到嘍☆因為明天是咪露琪的新道具發售日，我才想說過來看看的♪」

她的模樣看起來是發自內心感到快樂。會長望著這幕景象，開口說道：

「……因為這是好不容易得來的空檔嘛，如果她能稍微像這樣享受一下就太好了。因為接下來多半會變得很繁忙，我覺得就算姊姊身為魔王，做點這樣的事情也無所謂。」

——！這是會長為姊姊著想的心意啊。

也是啦，這陣子恐怖分子們正開始展開可疑的行動，公務的緊湊度只會更加有增無減吧。以這層意義上來說，魔王這次造訪玩具店的行程也只是暫時得到容許的平靜罷了。

利維坦陛下望著我開口：

「對了，從現在開始我要改口稱呼小赤龍帝為一誠！因為小蒼那這麼叫你，我也要跟她一樣喔☆」

「是、是的，那真是備感光榮！」

太好了，她沒有改口叫我胸部龍！因為她在很多方面都把胸部龍視為自己的對手嘛。

——這時，魔王陛下的步伐在某樣商品的前方停住了。

「就是這個☆」

利維坦大人所指的東西就是——一個出自魔法少女動畫的玩具。它是一支玩具魔杖。

呃——商品名稱上頭寫著「咪露琪究極奇蹟魔杖・三角版本」。

「這是咪露琪的……新商品是嗎？」

利維坦陛下被我這麼一問，就露出笑容點點頭回答：

「沒錯☆」

利維坦陛下把那東西拿在手上，看起來非常滿足。

雖然我想說這麼一來，這趟購物行程也就平安地結束了——但利維坦陛下的眼神已經鎖定另一樣東西。

「啊！那是超機動騎士彈鋼J的塑膠模型！我也喜歡那個耶！」

完全回歸赤子之心的利維坦陛下，拉著我跟會長物色起店裡的每一項商品！她開始把拿到手的玩具接二連三地扔進購物車裡頭了！

會長看到這一幕也無法再忍耐下去了。

「姊姊！請妳自重！買這麼多玩具是想怎麼處理啊！」

「小蒼那真是的，別那樣說嘛☆」

「不！姊姊只能買一個玩具！請妳把咪露琪新周邊以外的玩具都擺回貨架上！」

「嗚嗚～～！小蒼那欺負姊姊啦！那麼就各退一步，只買五個玩具如何呢？」

「只准買一個！」

結果剛才那麼冷靜地述說著戰術與戰略的會長，也對自己的親姊姊很頭痛嘛。看來利維坦陛下的購物行程還會繼續進行下去。

我嘆了口氣之後，就動身尋找要送給米利凱斯的玩具了。

Life.3 去特訓吧！【吉祥物篇】

這件事發生在我們神祕學研究社的成員前往冥界——吉蒙里城叨擾的時候。

我們這些吉蒙里的眷屬每天晚上實現人類願望所得到的酬勞，全都被轉送到吉蒙里城裡頭了。眾人偶爾會前往吉蒙里城整理那些報酬，主要工作是將它們分門別類，交納給位於城堡地底下的寶庫。

雖然不屬於眷屬一員的伊莉娜跟蕾維兒也有來幫我們……但我心中也湧現疑問，好奇天界的倫理觀對於身為天使的伊莉娜幫助惡魔這件事到底會如何界定。不過，沒有什麼比增加工作人手更好的事了。

就在分類工作進行到一個段落的時候——

隸屬城內的執事前來報告，說有我們的客人到訪。

「會是誰呢？」

我這麼詢問莉雅絲。

「距離那個人上次造訪這棟宅邸，也過了相當久的時間呢。」

莉雅絲似乎知道來客是誰。而且從她的語氣推測起來，對方是她認識的人嗎？

就在我們神祕學研究社的成員們狐疑地前往寬敞客廳的同時——就看到一個奇特的穿戴式布偶守候在那裡！

那套布偶裝的外型短胖，頭部的造型像是顆蘋果，上面加了一張可愛的臉譜，背後則長了對惡魔所擁有的翅膀。

該怎麼形容好呢，像是個惡魔化身蘋果的角色嗎？

不對，雖然我覺得自己形容得很奇怪，不過若要用一句話來形容這東西的話就只能這麼說了。

那套布偶裝的旁邊有一位一頭金髮，綁著馬尾的美女，我對這一位有點印象。

那位女性開口問候我們：

「打擾了。莉雅絲大人以及各位吉蒙里眷屬，好久不見。」

「是啊，貴安。庫依莎小姐，別來無恙。」

莉雅絲露出微笑，用這句話歡迎她。

原來如此，她是巴力眷屬的「皇后」——庫依莎．亞巴頓小姐！

我上次跟她見面最起碼也是排名遊戲對戰時的事情！還真是想不到她會來造訪呢……

然而，這樣一來就讓我冒出更多的疑問。為什麼身為塞拉歐格的「皇后」的她，會帶著

身穿角色布偶裝的人物蒞臨這座城呢？

莉雅絲以外的吉蒙里眷屬們都對此疑惑地歪著頭，包括我在內。

就在這個時候，那隻吉祥物布偶終於打破沉默開口：

『好久不見啊，莉雅絲，還有各位吉蒙里的眷屬啊。』

布偶裝的內部傳出一道熟悉的聲音！

這、這個人的聲音我不可能忘記！我驚愕地抽動著嘴角，詢問對方：

「……難、難道說，布偶裝裡面的人……是塞拉歐格嗎？」

隨著我這麼一問，吉祥物布偶卸下頭部的裝備，露出操偶者的臉龐。

出現在那裡的人正是塞拉歐格！他擦拭著額頭上的汗水，開口說道：

「是啊，就是我。好久不見啊，兵藤一誠。」

那名長相狂野的男性！他就是塞拉歐格・巴力本人！他是一名讓我忍不住心生敬意的男人！

而那樣的人物居然會穿著布偶裝造訪此地！

塞拉歐格望著目瞪口呆的我，浮現笑容開口道：

「唔嗯。因為我等巴力領也想推行『吉祥物』這東西啊，我是以操偶師的身分贊成這個計畫的。」

……他提到吉、吉祥物了啊。

因為吉祥物在人間——日本也很流行的關係嘛。各個地方性的團體也全都設計出可愛的形象角色，應用在宣傳方面。

塞拉歐格接著繼續說：

「其實今天吉蒙里領舉辦的活動，邀請了我們的『巴果』來參加。」

活動！巴果！

這樣啊，今天會舉辦那類的活動喔？而且那個裡面裝著塞拉歐格的形象布偶還被取了「巴果」這個名字啊。

「這個吉祥物角色名稱的由來，是嘗試採用了我們領地的其中一項特產——蘋果來命名。」

——庫依莎小姐如此為我們做說明。

將巴力的特產蘋果設計成形象角色……因為是出產在巴力的蘋果，所以才叫「巴果」是嗎？還真是簡單易懂耶。

賽拉歐格先生使勁點點頭，開口說道：

「人間界的角色行銷有許多應該學習的地方，我也想以巴力家下任當主的身分著眼於公共事業。」

……而著眼於公共事業的一環，就是下任當家穿起布偶裝啊……？

我面對塞拉歐格令人意外的一面，無法掩藏自己的不知所措。

羅絲薇瑟對莉雅絲道出疑惑：

「我突然冒出一個疑問，吉蒙里領也設有所謂的『吉祥物』嗎？」

莉雅絲輕笑著回答：

「有喔，吉蒙里領地也有『吉祥物』——然後，會用到那個『吉祥物』的活動馬上就會在吉蒙里領內的某個城鎮裡舉行。因為要跟巴力領地的巴果合作表演，塞拉歐格今天才會來到這裡的喔。」

原來背後有著這樣的理由啊。

哦～～吉蒙里也有「吉祥物」啊。

不過莉雅絲在這麼說的時候，表情微微蒙上了一層陰影。她口中的「吉祥物」是怎麼了嗎？

塞拉歐格套著布偶裝，交抱雙臂開口道：

「假如參加那場活動，不但能達到宣傳效果，我們巴力領地的特產品應該也能受人矚目吧。我無論如何都想參加，今天要向妳討教嘍，莉雅絲。」

雖然塞拉歐格的表情仍洋溢著平常那股霸氣……但他穿著布偶裝，雙臂交疊的模樣令人難以名狀啊！

莉雅絲接著說：

「正因如此，大家現在就動身前往活動會場吧。」

於是，我們就跟著「巴果」ＩＮ塞拉歐格一起轉移到會場。

到達會場的我們，就被引領到休息室。

而在那裡迎接我們的——是另一個新的吉祥物布偶！

那是套把駱駝改變外型後打造成的布偶裝。

朱乃學姊為我們介紹那件駱駝的布偶裝：

「這就是吉蒙里領地的『吉祥物』——『格莫莫』喔。」

『格莫格莫。』

被介紹出場的「格莫莫」用獨特的嗓音發出「格莫格莫」的叫聲，當場表演了它輕快的舞步。

這樣喔，原來吉蒙里領地的「吉祥物」是駱駝「格莫莫」啊。似乎是因為「吉蒙里」這位惡魔也有被稱呼為「格莫瑞」這樣的叫法，所以才這麼取的吧。

這麼說來，我曾聽說過從古時候開始，就存在著「吉蒙里回應召喚時都是乘著駱駝現

身」這樣的傳說呢。實際上，吉蒙里領內舉辦儀式典禮之時好像也常會用到駱駝。

就連吉蒙里城裡頭也養了很多駱駝。

不過，我們完全無緣得見吉蒙里的駱駝就是了。

而其中的理由就在於——那名躲在我背後的女性身上。

「……駱駝……」

那個渾身哆嗦，可愛地發起抖的女性正是莉雅絲。沒錯，莉雅絲雖然身為吉蒙里家的下任當主，卻非常厭惡駱駝。

據說在她小的時候只要一逗弄駱駝就會遭受慘痛的反擊，駱駝從此之後就變成她的一大弱點。

但我也是在第二學期開學以後才知道這件事的啦。

她連見到這種仿製駱駝外觀的東西都露出此等反應，因此我們完全沒有任何機會接觸駱駝。

稍早她在城裡之所以神情有異，應該也是因為實在很排斥跟這隻「格莫莫」見面的關係吧。

就在一行人暫時在休息室裡打發時間的時候，負責的人來找我們了。

「那麼，麻煩這邊請。」

我們由負責人領著路，來到舞台側邊集合。

我一從側面布景偷瞄會場的狀況，就看到有許多老弱婦孺聚集在舞台前，其中以帶著小孩的親子為大宗，真是熱鬧非凡啊。

「…………」

我一望向當事人塞拉歐格——就看到他雙臂交疊，從全身散放出難以言喻的霸氣。

……他是不是在緊張啊？塞拉歐格表面上看來不像會有這種反應的人啊。他從那身模仿蘋果設計成的布偶裝之中橫流出鬥氣，令人難以接近……

站在舞台上負責擔任大會司儀的姊姊，透過麥克風如此催促客席上的觀眾們：

『好了各位觀眾！要不要一起呼喚「格莫莫」與「巴果」出來了呢？大家也要一起大聲喊，叫他們出來喔！』

現場的小孩子們全都笑容滿面地放聲大叫：

『『『『格莫莫！』』』』

『『『『巴果！』』』』

他們大聲吶喊助威，呼叫兩隻「吉祥物」出場！於是「格莫莫」跟扮演「巴果」的塞拉歐格，就充滿氣勢地從舞台側邊飛躍出去。我們也只能默默地守望著這一幕。

雖然在舞台上主持的姊姊繼續和「吉祥物」應對下去，不過「巴果」不管怎麼看好像都有點不知所措，行為舉止也很怪異。

『哎呀？「巴果」怎麼了呢？你是不是身體不舒服啊？』

結果大姊姊順著他演下去了！真教人有點看不下去！我就覺得生性嚴謹的塞拉歐格果然無法勝任「吉祥物」的操偶師這個工作啊！

相反地，「格莫莫」則露出一副習以為常的態度，在觀眾面前展現他靈活的反應。那裡面的人必定參加過相當多場的活動。

就在為形象角色做完介紹、宣傳時間也結束之後，就開始與小朋友們接觸的活動了。

『格莫格莫。』

「哇～『格莫莫』好可愛喔！」

「格莫莫」開心地與現場的小朋友嬉鬧，而相較之下「巴果」則是——

『…………』

它一語不發地動也不動，只是交抱著雙臂，朝周圍散放出詭異的魄力！

啊啊，他又開始散發出鬥氣了啊！塞拉歐格！因為你的鬥氣已經達到肉眼能辨識的程度，「吉祥物」不該產生那種全身溢散出白光的現象喔！

所有的小孩眼見「巴果」散發出那種難以接近的氣場，接著就——

「嗚、哇啊啊啊啊啊！」

哭了出來！是因為小孩子很容易察覺到這種怪異的壓迫感吧！

我也是因為扮演成「胸部龍」表演或做活動的關係，因而在不知不覺中變得很能感受這方面的氛圍，我知道這是最不該營造出的氣氛。

「不知道為什麼，這個蘋果好可怕喔嗚嗚嗚嗚嗚！」

這狀況形成了連鎖反應，讓聚集在「巴果」周圍的孩子們都哭了出來。

既然發展成這種情況，就變得難以圓場了──就在我冒出這個想法的同時──

『格莫格莫。』

「格莫莫」卻開始哄起小孩，陪他們玩鬧，因此總算讓大家冷靜下來了。

「……這麼做果然太勉強了吧。」

在舞台側邊守候塞拉歐格的巴力眷屬「皇后」庫依莎小姐也掩著臉，為主子的失態綳緊了面孔。

至於「巴果」本人──則是一副大受打擊的模樣，動也不動地佇立在現場。

在活動結束之後，我們一行人回到了休息室。

塞拉歐格坐在椅子上，深深地低垂著頭。

「……真是不像話。我遭到小孩討厭……沒資格扮演『吉祥物』了啊！」

他似乎蒙受了相當程度的打擊，用兩隻手摀著臉，展現出前所未見的失落模樣。雖然塞拉歐格露出這種神情很稀奇……不過我覺得這只是所謂的隔行如隔山罷了。

「呃，這個嘛，你只是過度注入幹勁才會讓鬥氣湧現出來啦。」

「是啊，你不需要在意這件事喔。等到你參加的活動越多場，應該也會更加能夠掌握要領才對。而且，下任當家就算什麼都不做也沒關係呀？」

儘管我跟莉雅絲這麼鼓勵他，塞拉歐格仍是重重地嘆了口氣說道：

「即使如此，我也……滿腦子怨恨著自己粗淺的鍛鍊啊。」

因為他實在是一個秉性認真的人，因此在扮演「吉祥物」時應該也是決心嚴格要求自己完美演好這個角色的吧。

『格莫格莫。』

「格莫莫」也把手搭在塞拉歐格的肩膀上，溫柔地鼓勵著他。

「……你在安慰我是嗎？格莫莫……不，你難道是！」

塞拉歐格突然察覺到「格莫莫」身上的某件事情，氣勢驚人地站起身子。

「格莫莫」摘下了布偶裝的頭部，從中出現的人是——

「各位貴安，是我啦。」

一位風度翩翩的紅髮男性！

「父、父、父、父、父、父、父、父、父——————父親大人！」

莉雅絲大為震驚！這是理所當然的反應！因為「格莫莫」裡面冒出的人物，正是莉雅絲的父親大人！

如果眼見吉蒙里的現任宗主大人從布偶裝之中現身，任誰都會嚇到吧！此刻在場的全員都嚇了一跳啊！

「你為、為、為什麼要做這種事！」

止不住驚愕的莉雅絲這麼詢問父親，而現任宗主聽了就露出開朗的笑容開口回答她：

「莉雅絲，妳冷靜點。這也是執行公務的其中一環啊——就算身為宗主，也是會穿上布偶裝的。」

——可是我覺得不會有人這樣做耶！

我在心中好想如此吐槽啊！不不不，我從不曾聽過有哪一位現任宗主會穿著布偶裝參加活動的啊！

塞拉歐格深深低下頭開口：

「真沒想到在裡面的居然是叔父大人……我塞拉歐格完全未能察覺這一點，您真是厲害啊。」

沒錯，莉雅絲與塞拉歐格彼此互為表親。這麼一來，吉蒙里的現任宗主大人——亦即莉雅絲的父親，對塞拉歐格來說就是他的叔父了嘛。

莉雅絲的父親將手擱在塞拉歐格的肩膀上開口：

「哈哈哈，塞拉歐格。要扮演『吉祥物』的基本守則就是消滅自我喔，貫徹你所扮演的角色與其他人接觸，才是操偶者的行動原理。」

「我果真不是叔父大人的對手呢。」

雖然塞拉歐格如此低語……但他這麼說的同時，抖顫著拳頭激動地述說起心中的話：

「不過再這樣下去，我今後將無法在『吉祥物』的活動上表演啊！就算別人原諒我，我也饒不了自己的行為！我能夠繼續這麼做嗎？不能！要自我砥礪才符合我的風格！透過自虐來成就高峰，才是塞拉歐格·巴力的作風啊！」

衷心痛悔的塞拉歐格望向我開口：

「兵藤一誠，我有事情想拜託你。」

「咦？啊，是的！」

塞拉歐格抓著我的肩膀說道：

「——你能陪我去山裡閉關嗎？我想要和你一起在山裡精進『吉祥物』之道啊……！」

——山！為什麼啦！

滿心疑惑的我詢問塞拉歐格：

「要在山、山裡面閉關進行『吉祥物』的修行嗎？這、這個嘛，我是有好幾次待在山中修練的經驗，但從沒針對『吉祥物』做過修行耶……」

轉生成為惡魔之後，我不知為何曾被帶進山中修行過好幾回。為什麼惡魔會有修行＝山這樣的印象連結啊！呃，不，我要萊薩修行的時候也是把他帶進山林裡就是了！

莉雅絲的父親忽視不知該做何反應的我，大大地點著頭說道：

「唔嗯。那麼塞拉歐格，我就陪你們去吧。」

他開始說起這種話了！

「叔父大人？可、可是……」

儘管塞拉歐格聽到叔父突如其來的提議而顯得有點客氣，但莉雅絲的父親對他展露出瀟灑的笑容開口說：

「你不需要對此心懷顧慮，塞拉歐格。這裡就交給身為叔父的我負責吧，我熟知一切關於吉蒙里的事情。就讓我帶你到最適合進行『吉祥物』修行的山裡頭吧，也請兵藤一誠跟我們一起來。」

真的假的！一旦被現任宗主這麼說，就讓人想拒絕都沒辦法啊！塞拉歐格也說出「好，來修行吧！」這樣的話，開始提振幹勁了！

莉雅絲的父親迅速在腳底下展開一座轉移型魔法陣！

我也被塞拉歐格揪著後頸，就算想逃也逃不掉！

在這股傳送陣的光芒之中，莉雅絲呼喚父親道：

「父、父親大人！」

「莉雅絲，妳不可以阻止我。身為男人就是會有非做不可的事啊。」

莉雅絲搖搖頭回答：

「母親大人一定會因此震怒的啊！」

……………那、那可就糟糕了！莉雅絲的母親維妮拉娜小姐是個非常非常嚴厲的人！

若讓她知道我們去山中為這種事情閉關，之後會發生不得了的事情啊！而且，妳根本沒在擔心我嘛莉雅絲！算了，這應該是因為妳只是信任我去山上修行這件事的關係吧！

莉雅絲的父親也一樣。他雖然身體大幅顫抖，卻還是盡力向女兒揮手告別！

「……………上路吧，塞拉歐格、一誠！」

我們施展空間跳躍的光芒持續迸散——

就這樣，我不知為何為了陪同他們進行「吉祥物」的特訓而前往山裡了。

○●○

就在同一天的同一個時刻——

一片雄偉的大自然景色拓展於我的眼前，林木山群都洋溢著綠意。

周圍則全都是高聳的山峰。

那個蘋果造型的形象布偶轉眼環顧四周，開口道出感嘆的話語：

「……原來如此，這真是座不錯的山啊。不管樹木或水域都閃耀著光輝呢。」

……穿著布偶裝的塞拉歐格已經展現了十成十的幹勁啦！

他拉過我的手，指著山巒高聲宣布：

「兵藤一誠！我們立刻開始修行吧！首先就鎖定山頂前進！」

「咦、咦——？是要從爬山開始嗎！」

我驚訝到眼珠子都快蹦出來了！才一抵達山腳下的森林就聽到這句話，就只會覺得嚇一跳而已啊！

我明明什麼裝備都沒帶來耶！身上只穿著學生服喔！要我這樣爬山？塞拉歐格也只套著一件布偶裝而已啊！

「只有動身爬山才能見識到某些事物，這次的修行就先從登山開始吧！」

……我如果遇到緊急狀況只要變身成鎧甲模式就可以了，而塞拉歐格只要包覆鬥氣，山

上對他來說多半也不會有什麼嚴酷的難關吧。

但是，塞拉歐格所指的那座山不論怎麼看，都讓人覺得它的高度與富士山相當，甚至凌駕於富士山之上耶……

扮演著「格莫莫」的莉雅絲父親不顧困惑的我，不知從哪兒取出一頂帳篷開始搭設。

「唔嗯，那我就在這裡為野營做準備吧。」

啊啊，仔細一看還發現他連炊飯盒跟鐵鍋都預備好了！到底是從什麼地方拿出來的啦！

莉雅絲爸爸，你為露營做的準備工作未免太熟練了吧！而且看起來還非常樂在其中！

「那麼，我們走吧！」

塞拉歐格拉著我的手，往山上奔去！

於是，我就跟蘋果「吉祥物」爬起山來了——

……過了大概七八個小時後，我一個人成功地下山回到了平地上。

我與塞拉歐格一起攀爬了那座標高四千公尺級的山峰。我們在不成樣的道路不斷地往上走，有時也要突破懸崖峭壁前進。

因為路程從半途中開始真的變得很艱辛，於是我就發動禁手化來挑戰這座山……我既不是什麼登山家，而且也沒有任何像樣的裝備，甚至可說要是我沒使用禁手會死掉……

上山的時候雖然爬了好幾個小時，但我回程的時候用禁手飛行，所以轉瞬間就回到了目的地……

不過，塞拉歐格爬到山頂上之後，就直接——

「我要在這裡進入冥想狀態。」

說出這種話，擺好了坐禪的姿勢——身上仍然穿著布偶裝。

蘋果外型的療癒系角色，在能夠眺望絕景的無名山頭上靜靜地打起坐來。這景象讓我覺得好像有某種跨越超現實的神祕之物存在於該處。

雖然我也暫時在那裡陪了他一會兒啦……

迎接我下山回到平地的人，是一隻攪拌著鐵鍋的駱駝型「吉祥物」。

「嗨，一誠。修行進行得如何呢？」

扮成駱駝的莉雅絲父親注意到我回來了，於是舉起手向我打招呼，並且如此詢問。

「啊，喔喔，我一個人先下山了。塞拉歐格說他要開始進行攀登瀑布的修行——而且不會脫掉布偶裝。」

沒錯，我之所以會獨自一人下山，就是因為冥想完的塞拉歐格，似乎被登山途中發現的某座瀑布勾起了強烈的興致——

「我去爬爬看剛才那座瀑布好了。」

他喃喃唸著這句意義不明的話，就逕直前往瀑布了！

我說你又不是鯉魚，是去登什麼瀑布啦！不對，那也只不過是句諺語啊！鯉魚是不可能攀得上瀑布的！說穿了瀑布本來就不是能讓人爬的東西！就算這樣，能讓我堅決相信著如果是塞拉歐格就能爬得上去的這個念頭實在很厲害！此刻那個蘋果「吉祥物」絕對正從瀑布逆流著往上游啊！

莉雅絲的父親頻頻點著頭說道：

「這樣啊，那是個很好的傾向呢。」

那是什麼好的傾向嗎！可是我覺得不論是在山頂打坐或是攀登瀑布，這些行為跟「吉祥物」的修行全都沒有任何關係耶！

說起來，我甚至對到底有沒有為「吉祥物」修行的必要這件事，本身就抱持著疑問啊！難道不是只要由相關人士請專業的操偶師來幫忙上課就好了嗎？

但我不可能開口對莉雅絲的父親或塞拉歐格說出這些話……於是我就動手幫忙起烹飪的工作。

——這時，有一座轉移用的魔法陣展現在我們眼前，上面顯現的圖紋相當陌生。

透過魔法陣跳躍而來的——是一位上半身為美少女，下半身則像條魚一樣的女性！

——她是人魚啊！道地的人魚！

她並非那條名為艾絲特莉娜的長腳鮪魚，而是真正的人魚！

「宗主大人，我從湖裡捕魚回來了。」

帶著手中裝滿漁獲的竹簍靠近這邊的人魚小姐，曾經和我見過面啊！

「喔喔，是莉莉緹法啊，真是麻煩妳了。」

莉雅絲的父親接過她竹簍裡的魚。

沒錯，她就是莉莉緹法小姐！全名是莉莉緹法．威沛！她身為已然滅絕的前七十二柱威沛家的末裔，雖然是惡魔，但也是道道地地的人魚！

她本來雖然安穩地生活在人間的海洋裡，但就在她遭到冒牌海盜襲擊而陷入困境的時候，我們吉蒙里眷屬保護了她。

雖然我是有聽說得到庇護的她，在吉蒙里領的湖泊裡生活就是了……

這麼說來，我剛在山上的時候有看到一座很大的湖耶。那裡就是莉莉緹法小姐所居住的湖泊嗎？

莉莉緹法小姐注意到我了。

「你、你是……那個時候承蒙照顧了。」

她禮貌地向我打招呼，喔喔，她記得我啊！

「莉莉緹法小姐就在這附近的湖泊裡生活喔。」

莉雅絲的父親也如此為我說明。啊，果然跟我想的一樣啊。

「妳看起來這麼有精神真是太好了。」

我對莉莉緹法小姐這麼說。我從她的笑容推測出，她似乎正過著和平的日子。太好了太好了。

不、不過，儘管她的下半身屬於魚類，上半身還是名美少女。所以……她穠纖合度的好身材映入眼簾！就算她是條人魚，還是有胸部啊！這真是太美好了！

就在我將視線投射到莉莉緹法小姐的胸部上頭時，她開口詢問我：

「赤龍帝大人，日本是個好地方對吧？」

「咦？是啊，是個不錯的國家喔。不但沒有戰亂，料理又很好吃。呃，可是我也不怎麼常去其他國家，要我拿日本跟他國做比較，說服力就不夠了……」

但我可是很常往返於冥界的喔。我試著想了想，就發現自己就連在日本國內的旅行都沒有達到跑遍全國各地的地步。

要我說的話，就是去過隔壁縣、東京，然後課外教學時曾到訪京都這樣的程度。以高中生的經濟狀況來說，這樣就已經是極限了。不過，我下次也想跟莉雅絲、愛西亞以及其他人一起去北海道跟沖繩玩啊。

莉雅絲的父親清理著魚貨的同時，開口聊起來。我說啊，宗主大人，您的手藝可真是俐落啊，看來對烹飪這件事十分熟悉呢。

「莉莉緹法小姐想要去日本留學呢，她正在努力學習喔。」

要來日本留學啊！所有跟我們扯上關係的惡魔，都很想造訪日本呢。

莉莉緹法小姐開心地點點頭開口：

「是的，由於莉雅絲．吉蒙里大人邀請我居住在這塊領地的緣分使然，讓我對日本產生了興趣……我下次想要去考留學資格認證測驗。」

哦哦，她是認真想要接受考試的啊。

「莉莉緹法小姐，實在是很不好意思，但能不能也向妳借個調味料呢？」

莉雅絲的父親這麼一說，莉莉緹法小姐就回答他「好」，然後再度轉移離開。

……這麼一來，我就跟莉雅絲的父親兩個人獨處了……

只剩下烹飪過程傳出的清脆聲響迴盪在營地裡。

「…………」

「…………」

我跟莉雅絲的父親都一語不發。不，我很難向他搭話啊！

因、因為呀！我、我正在跟莉雅絲交往耶！宗主大人應該也知道這件事吧？聽說即使是在冥界，我們的關係也越來越廣為人知啊！

這麼一想，自從我跟莉雅絲開始交往之後，都還沒見過她的父親啊！說不定連一個招呼也沒好好打過！

糟了！這就是那個嗎！像是「我正在跟令千金交往」或是「請把女兒交給我吧！」，這種屬於男人在人生中最重大的其中一個緊要關頭嗎？

哇啊，不會吧，那些情況居然在這種時候輪到我身上了……！為了進行「吉祥物」的修行而在山中閉關——這個時間點真的很不適合問候女友的父親啊！

我該怎麼辦才好？要如何跟他開口？繼續不講話很不妙吧！保持沉默會給人最壞的印象！平常整天滿口嚷著胸部胸部的傢伙，卻只有在戀人的父親面前什麼都不說，那樣太糟糕啦！哇！哇啊～～哇啊～～哇啊～～！完蛋了完蛋了！

我的腦中團團轉著各種想太多的念頭而陷入混亂！

莉雅絲的父親面對著這樣的我，開口打破沉默：

「我女兒——莉雅絲她有很多任性的地方，應該是因為我從她小時候開始就很嬌慣她的關係吧。對瑟傑克斯來說，他也很寵溺這個等了幾百年才得到的妹妹……由於我把扮黑臉的工作推給維妮拉娜負責，現在想想還真是不太好啊。」

「這、這樣啊。」

我只回答得出這句話！我只打算默默聽他說並回應他的話而已！

雖然完全不像我平常的作風，但這真的是……跟他一對一相處好辛苦啊！

莉雅絲的父親將切好的魚遞給我。

「哈哈哈哈哈，在這種時候要轉變成那樣的氣氛也很不識趣啊。好啦，你能幫我把那些魚放到鐵板上嗎？」

「是、是的。」

「叔父大人，我回來了。」

蘋果布偶裝回到這個只有我們兩人相處的空間裡面。塞拉歐格一副濕答答的模樣返回了營地——呃，等等！

我看到塞拉歐格手裡抱的東西而大為驚愕！

因為他帶回了一隻身形巨大，像是鹿一般的生物！

「我在下山的途中獵到了這東西。」

他是在下山的時候捕獲的嗎！穿著那套蘋果布偶裝狩獵嗎！

「喔喔，塞拉歐格。那今天就用你帶回來的獵物跟莉莉緹法小姐抓來的魚做晚餐吧。」

莉雅絲的父親若無其事地接受了，他展現出身為一名宗主的泱泱大度——

吃晚飯的時候，帶回調味料的莉莉緹法小姐也跟著加入，於是我們四個人一起用餐。

這裡明明就是野營地，桌上卻擺滿彷彿高級料理店的菜色，魚跟鹿肉也用嫩煎的方式做成一道華美的菜餚。

我嚐了一口。

……好像搞不太懂，雖然不明白卻十分美味！肉跟魚本身的原味都沒有遭到破壞，我覺得上面淋的醬汁帶出了更多食材的鮮味……！應該就是這種醬汁消除掉魚的腥味跟鹿肉的臊味吧！

肉跟魚這些材料是能煮得這麼好吃的東西嗎？而且這種味道還是在平凡的深山裡做出來的！

「不愧是叔父大人，您料理的菜餚實在是非常美味啊。」

塞拉歐格也點著頭這麼說。

莉雅絲的父親一面把薪柴丟進篝火裡焚燒，一面這麼說：

「惡魔的生命很長久，我也曾抽出一段時期來鑽研人間界的美食喔。」

原來也有這種過生活的方式啊！我學到了一課呢。有時也矢志走向料理之道！正因為壽命很長遠，才有辦法做得到這種事嘛。

莉雅絲的父親觀察著營火的狀況，詢問塞拉歐格：

「塞拉歐格，如何呢？你有沒有成功掌握到什麼關於『吉祥物』的要點？」

塞拉歐格放下手中的盤子，露出一臉苦悶的神情回答：

「……叔父大人，我這個初出茅廬的後輩，尚且無法參透『吉祥物』的是與非……！我是多麼地不中用啊……！」

……我覺得你光靠冥想、攀登瀑布還有狩獵鹿隻是不可能明白那種事的吧！

莉雅絲的父親微笑著說道：

「哈哈哈，你不用那麼瞧不起自己。即使是我也不例外，跟『吉祥物』有關的事情也差不多是委託給妻子維妮拉娜處理的。」

「您是說叔母大人嗎？叔母大人的傳聞也流傳到我們領地那邊去了，聽說她的經商才能相當出眾呢。」

塞拉歐格那麼說道。哦～原來莉雅絲的母親在商業方面也很出名啊。

莉雅絲的父親接著繼續說：

「唔嗯，她就是那種眼光很好的人，擁有能發掘出埋沒商機的商才。她讓只有吉蒙里領地的邊陲鄉村居民才食用過的作物，以及原住民的工藝品在都市中蔚為風潮，打造出一大產業，不知有多少工匠被她救了一命。每天都有越來越多封請願者希望能被採納的懇願書，從領土各處送達到維妮拉娜身邊喔。」

這還真是厲害啊。那麼宗主大人就算將「吉祥物」的相關事項交給她處理也不奇怪吧。

「她跟以前比起來也沉穩了許多。」

莉雅絲的父親說出這句話，苦笑起來。塞拉歐格也接著說道：

「我從小時候開始，也一直有聽說叔母大人英勇的事蹟。」

「……你說英、英勇，她年輕的時候是那麼厲害的人物嗎？」

塞拉歐格聽到我這麼問，就點點頭回答：

「因為她的實力足以被稱為巴力家歷代最強的女性嘛。」

而莉雅絲的父親喝了一口杯子裡的東西後就說：

「她可是曾擁有『亞麻髮滅殺姬（ruin princess）』這個稱號呢，維妮拉娜就是莉雅絲名號的由來——不過，若將莉雅絲跟當時的維妮拉娜比較起來，她還真是可愛多了呢。」

是、是那樣啊……「亞麻髮滅殺姬」……她那時的外表跟現在應該毫無差別，但我很難想像她大鬧一場的模樣。

莉雅絲的父親驀然驚覺，重新回到原本的話題。

「哎呀，剛才扯遠了，我們最先是在談論維妮拉娜的商業才能呢。是的，她很擅長找出隱藏在領地內的特產品。我說啊，莉莉緹法，這附近有沒有什麼珍奇的特產品？」

莉雅絲的父親如此詢問莉莉緹法小姐，她聽了則是偏著頭回答：

「我想想……位於前頭的河川下游前方，有個村落裡的人會編織美麗又擁有稀奇花紋的織品。」

莉莉緹法小姐遙指著遠方。織品啊？莉雅絲的父親一臉很有興趣的神情，頻頻點著頭並開口：

「哦，那還真是有趣。說不定明天走個一趟也不錯。」

這時，莉莉緹法小姐顯現出為難的模樣說道：

「……可是，最近這一帶有山賊出沒……他們常常襲擊我剛說的那座村落。」

原來會有山賊出現啊，而且還會襲擊村莊，真是不平靜呢。

「山賊啊。不管哪一塊領地一定都會有那些人的存在呢。」

塞拉歐格也吁出嘆息。

莉莉緹法小姐不知所措地繼續說：

「我也有點被那些山賊盯上了……似乎因為人魚很罕見的關係，他們有好幾次——」

「好幾次襲擊妳嗎！」

我不知不覺大聲喊了出來。這女孩未免也太常被海盜或山賊這些賊人襲擊了吧！

可是，莉莉緹法小姐卻搖搖頭回答：

「不，他們來追求過我好幾次。可是，我對那些以山賊為業的人不太……」

啊，只是對她求愛喔。但還是不可饒恕！追求貴重人魚的山賊！那一點對我個人來說不

太能原諒！我要守護珍貴的美少女人魚！

莉雅絲的父親將手擱在下巴上開口：

「是因為在山區巡邏的人手不足吧。唔嗯，身為一個領主，聽到有山賊的情報之後就無法棄之不理——好，我們現在就動身去剷除山賊吧。」

莉雅絲的父親一拍膝蓋站起身來，塞拉歐格也如同跟隨他似的離開座位。

「喔喔，真不愧是叔父大人。宗主親自出馬降伏不法之徒……這舉動實在是上級惡魔的典範，令人感到全心欽佩啊。我塞拉歐格即使冒昧，也要出手襄助！」

「唔嗯，那真是幫了我大忙。一誠你呢？」

莉雅絲的父親也把話題丟給我了！

「我會去！我怎麼能夠讓宗主大人跟塞拉歐格動身前行，卻自己一個人留在這裡呢！」

我怎麼能拒絕啊！既然吉蒙里現任宗主大人與塞拉歐格都去討伐山賊，我就不可能獨自留在營地啊！

「這樣才是赤龍帝應有的作風，那我們就一起去趕跑山賊吧。」

於是我們就拜託莉莉緹法小姐留守，決定去攀登那座她說山賊會出沒的山峰了——

一個蘋果造型的角色布偶，還有兩個駱駝布偶，一同爬上岩盤裸露的險峻山路。這畫面帶給人的視覺印象，應該是「超現實也該有個限度」吧。

……因為連我也穿上「格莫莫」的服裝了嘛。

在我們行走於山路上的同時，我開口問向莉雅絲的父親：

「那、那個，為什麼要我換上這套衣服呢……？」

「因為整個冥界都已知道一誠身穿鎧甲是什麼模樣了，如果山賊從遠處察覺到你的身影說不定會逃跑啊。為此，穿著那件布偶裝是最恰當的方式，這麼一來他們也會大意吧。因為尺寸也是特別訂做過的，設計得就算底下裝備鎧甲也不會被看穿喔。」

準備得太過周到了吧！難道他已事先預備好我專用的布偶裝嗎！

「而且我們會常常說『格莫格莫』這個詞彙喔！這一點可不能忘記。不管什麼時候，都不能遺忘『吉祥物』的精神，因為我們是為了精進『吉祥物』之道才來到這裡的。對不對啊，塞拉歐格？」

「是的，正如您所言——此刻的我們就是徹徹底底的『吉祥物』。」

你為何要那麼有幹勁啦！塞拉歐格，你剛才的情緒明顯高昂起來了對吧？你對剿滅山賊這件事非常來勁對吧？

我們在山路上走了三十分鐘左右時，有群人陸陸續續地從隱蔽處現身了。

「喂喂喂，別走了別走了。」

那是一群散發險惡氣息的男人，身穿風格怎麼看都像山賊的皮草裝束。

那些人用討厭的眼神瞪著我們的打扮，輕蔑地拋出一句：

「真是夠了，這裡可不是主題樂園耶。為什麼會有兩匹駱駝跟蘋果妖怪走在這種深山裡啊？」

也是啦，他的話讓我無言以對！他們高聲宣布道：

「這裡是山賊──比爾博家的地盤。如果不想丟掉小命的話，就乖乖把身上所有的東西給我留在這裡！」

「你是說身上所有的東西嗎？但我只有一件布偶裝耶，這樣也可以嗎？」

穿著布偶裝的塞拉歐格用這句話回答他。

山賊的太陽穴爆出青筋，暴跳如雷道：

「看也知道好嗎！夠了，不想被殺的話就給我脫下來──」

「巴果」從我的眼前消失了。等我注意到的時候，那名山賊已經被轟飛到遙遠的後方！

「咕嘎──────！」

山賊發出慘叫，撞上了岩石。

塞拉歐格的鬥氣，從那套布偶裝可愛的雙手冒出來。

看起來，那山賊是被瞬間毆飛的吧。塞拉歐格——不，「巴果」發出吶喊：

「想要的話就憑力氣來搶啊！我這套布偶裝可沒有廉價到能隨便給人的地步！」

沒有任何山賊能攔得住那個渾身籠罩著鬥氣的角色布偶——

我們一邊驅散來襲的山賊們一邊繼續前進，過了幾分鐘後——

岩石遍布的半山腰處出現了一座龐大的要塞，外圍聚集了許多山賊，擺好架勢等著我們到來。

其中一名山賊向一位身形最為魁梧，氣質粗野的男子報告道：

「老、老大！就是那個！那就是我說的蘋果跟駱駝啊！」

那名應該是山賊頭領的男子邁向前來，瞇起眼睛開口：

「……我還以為是部下們開的無聊爛玩笑，但還真的出現了蘋果跟駱駝呢。這是怎麼回事啊……你們這種弄不清楚活動會場在哪而爬上山來的興趣太沒品了吧！」

真的，這到底是怎麼回事啦！蘋果跟駱駝居然跑來訪問山賊的要塞！

塞拉歐格——「巴果」上前一步說道：

「喂，你這傢伙就是頭目嗎？」

山賊老大聽到這句話，就露出無畏的笑容回答：

「對啊，是又怎樣？」

「你有襲擊這一帶的村莊沒錯吧？做出那種行為的無法之徒罪該萬死。就由我巴力領的『吉祥物』代表『巴果』來懲治你們這些傢伙！」

山賊們聽到「巴果」這番宣言，全都放聲大笑起來。

山賊老大單手掄起一把巨大的斧頭，嘆了口氣說：

「喂喂喂，你們有聽到嗎？『吉祥物』大人說他要懲罰我們耶？真是的，居然一副那樣的打扮跑來這種山上。雖然我是不知道你們做這種事的理由啦，但應該身懷相當程度的實力吧——不過啊，半吊子的力量只會害自己折壽！小子們，全都給我上！」

『喔喔————————！』

隨著山賊老大出聲下令，他那群部下們也高聲吶喊著朝我們發動突擊！

啊啊～～結果變成這種狀況了嗎！

塞拉歐格飛身衝向前！

「看來跟你們用言語商量講不通啊。上吧，兵藤一誠！不對！『格莫莫』二號！」

「是、是的！啊不對，格莫～～！」

我姑且先在布偶裝裡面禁手化，跟在塞拉歐格背後上場。這件布偶裝真的被調整成我即使變成禁手也沒問題的尺寸耶。吉蒙里的人們竟然把財力花費在這種事情上頭！

「喝！『巴果手刀』！『巴果踢擊』！」

不可能有任何山賊擋得住「巴果」來勢洶洶的赤手空拳攻擊——

「嘎啊！」

「咕啊！」

他們都發出慘叫，接二連三地被打飛！他用讓人不敢相信穿著布偶裝能夠做得出的神速動作以及破壞力蹂躪著敵人！

說真的，雖然憑塞拉歐格一個人對付敵人便已足夠，但我什麼都不做也有點——

「格莫～～！格莫～～！」

我便發出這樣的叫聲陸續打倒了好幾名山賊。這個嘛，因為盯上莉莉緹法小姐也是不可饒恕的一點啊！

莉雅絲的父親眼見我們這場戰鬥，也對此感到佩服。

「唔嗯，真不愧是一誠跟塞拉歐格啊格莫，擁有那份將『吉祥物』精神貫注在戰鬥中的餘裕。如果現場有相機的話，應該就能拍下富有療癒效果的照片了格莫格莫。」

不忘在語尾加上「格莫格莫」的宗主大人也讓我很感動！

「怎、怎麼會，這些傢伙好強啊啊啊！」

山賊似乎也明白了我們的力量，開始萌生退意。

就在這時候，「格莫莫」一號——莉雅絲的父親輕巧閃避著山賊揮舞的刀劍或是斧刃。

「唔嗯，我已經有好幾十年……不，已有一百多年不曾參與實戰了吧。哈哈哈哈，真是有趣啊。說錯了，格莫格莫。」

看來他很享受這場與山賊的戰鬥，甚至到了會忘記「格莫莫」叫聲的程度！哎呀，與其說他意外地打得很起勁，不如該說他的架勢好漂亮啊！他流暢的動作精準至極！真不愧是身為上級惡魔的吉蒙里現任宗主大人！

雖然我們不斷單方面用武力輾壓著山賊，這時卻傳來一道女性的嗓音——

「這是怎麼回事啊，親愛的？」

——維妮拉娜小姐，亦即莉雅絲的母親登場了！

她的模樣充盈著憤怒，從全身滲出漆黑的氣燄！

而她身後則站著莉雅絲！她正搖著頭出聲嘆息。

眼見莉雅絲的母親登場，讓「格莫莫」一號的動作瞬間靜止。

「…………我是，『格莫莫』。格莫。格莫。妳好。」

「格莫莫」結結巴巴地用不完整的句子回答她。莉雅絲的母親散發出充滿魄力的氣場，表情嚴厲地瞇細了眼開口：

「那個就是……你非得要拋開領主工作來扮演的東西嗎？居然還把自己的姪子塞拉歐格一起帶來……我說啊，親愛的。你喜歡現在被轟飛還是再等一下下呢？」

她的聲音深沉又冷徹。

就連沒有直接承受她怒氣的我都渾身戰慄！我轉眼一看，就發現塞拉歐格也停下了拳頭，一臉尷尬的模樣啊！

而「格莫莫」一號──突然摘下了布偶裝的頭部，直接開始端正地跪坐。

「真是萬分抱歉。這其中存在著深刻的緣由啊，維妮拉娜。」

他開口道歉了！宗主大人敗給了自己的太太！從剛剛到現在才過了大約一分鐘的時間！吉蒙里的男人們都太怕老婆啦！

山賊頭領看到事態起了變化，就望著布偶裝集團喊道：

「唔、喂，你們這些傢伙！自顧自動手襲擊我們，為何又停手啦？算、算了！我們也不想跟那些傢伙繼續打下去！那邊那兩個臭女人！快點把那裡的蘋果跟駱駝帶回去吧！」

雖然他朝著莉雅絲的母親如此怒吼──

「──請你閉嘴。」

她卻對他投以冷酷的視線，從手邊釋放出龐大的魔力。她漆黑的氣場覆蓋住這座山區一帶，連同那些山賊一齊籠罩住！

『嘎啊————————————！』

山賊們發出慘叫被她炸飛！包括山賊的頭目也不例外，同樣被爆風轟到半空中！

這一天，據說蟄伏在那座山裡的山賊一夥人被某個謎樣的布偶裝集團襲擊，最後被某位女性惡魔祭出的凝聚魔力的一擊，連同部分山域給炸飛了——

就這樣，我、塞拉歐格還有莉雅絲的父親一行人，全都被莉雅絲的母親帶走了。

我們三人回到吉蒙里城之後，就被逼著跪坐在一起，被維妮拉娜說較長達半天以上。

「我會負責『吉祥物』的所有企畫，所以不用再去山中修練，也再也沒有讓吉蒙里宗主穿上布偶裝的必要了。」

——於是，莉雅絲的母親決定同時照應「巴果」跟「格莫莫」兩隻吉祥物。

打倒山賊這個功勞還順勢被她推給我們，預計會以「『吉祥物』勇攆山賊！」這樣的標題躍上新聞版面。

「巴果」跟「格莫莫」應該也會一躍揚名整片冥界了吧。

好啦，儘管我覺得自己並非沒受到任何牽連……

「一誠。」

被訓完話之後，莉雅絲出聲呼喚我……總覺得好疲憊喔，讓莉雅絲來撫慰我一下好了。

就在我靠近她的時候——

「不行，我討厭駱駝！」

我被淚眼婆娑的莉雅絲推飛了！沒錯，我忘記自己仍然穿著駱駝的布偶裝啊！

必須先陪莉雅絲一起從對駱駝的恐懼開始克服才行呢……

順帶一提，莉莉緹法小姐為我們介紹的那種編織品日後受到莉雅絲的母親發掘，逐步在整片領土中普及開來。

莉莉緹法小姐也被拔擢為織物宣傳女郎，在吉蒙里領地中大受歡迎。

Life.4 學生會的逸才

「啊，兵藤學長。」

就在升上高三的四月時分——午休時新學生會的三位新成員，突然向待在駒王學園中庭的我搭了話。

首先是跟我同樣身為三年級學生的學生會書記——加茂忠美。

她是個留著長長的髮辮，有著一對細長的眼睛，身材纖細的高三女生。其實她具有陰陽師的血統，每天都獨自在駒王町除靈以拯救一般的市民。

加茂不知為何把小咪露視為對手，與小咪露之間展開了多次熾烈的戰鬥……我偶爾也會接受她的請求，跟她一起討論對付小咪露的方法。

然後就是二年級的男書記百鬼勾陳黃龍。百鬼同時也是五大宗家「百鬼」家的下任宗主，是一名總是洋溢著快活氣氛的男孩子，剛才出聲叫住我的人就是他。

再來，最後一個人是——穿著一套包覆全身厚重衣裝的學生。對方把兜帽壓得低低的，掛著一副牛奶瓶底般厚重的眼鏡，脖子上則繞著一條圍巾。在裙子底下搭著運動服，雙手也

配戴著手套。她這樣的重裝備，讓人乍看之下無法瞧見任何一處裸露出來的肌膚。

我苦笑著，朝這位全身穿戴完整裝備的學生說：

「呃，那位是二年級的會計蜜拉卡．沃登堡沒錯吧？」

穿著許多衣服的學生聽到我這麼問，就用可愛的聲音回答：「是的。」

沒錯，她會穿著如此厚重的裝備有其原因存在。這是因為她那雙藏在眼鏡後方的虹彩顏色是——一片深紅。

百鬼配合著她開口：

「因為蜜拉卡在白天總是這種感覺嘛。雖然兵藤學長可能還沒習慣，但這是蜜拉卡的標準裝備喔——畢竟她是個吸血鬼啊。」

是的。正如百鬼所言，這個衣著厚重的女學生是吸血鬼！而且還是個純血種，據說是卡蜜拉派（由女性率領）的核心之一——沃登堡家族的千金。我知道這消息時還嚇了一跳。

只不過儘管她是純血種，卻並非加斯帕那樣的晝行者，因此在白天的行動還是受到限制。換言之，她對陽光很沒轍。雖然不像下級的吸血鬼那樣一照到日光就立刻消滅……但能力似乎會明顯下滑。

至於那位千金大小姐為何會身在日本此處……這座駒王學園裡頭……是因為她好像想替祖國獲取某樣東西。

阿傑卡・別西卜陛下指派給她和百鬼共同執行一項任務，要他們去參加那個「遊戲」，調查仍然籠罩著謎團的神滅具。

包含蜜拉卡在內，新學生會新星三人組的其中一名成員——加茂開口詢問我：

「兵藤同學，你知道潔諾薇亞會長去哪裡了嗎？」

我直到剛才為止都在和潔諾薇亞一起吃午餐。其實我、愛西亞、潔諾薇亞、伊莉娜還有木場與桐生，在升級編班的時候被分到了同一個班級（順帶一提，班導師是羅絲薇瑟！）。

就因為這個緣故，再加上與我存在著孽緣的松田、元濱又跟我同班，升上三年級之後就變得時常八個人一起吃午餐。

——然後她提到的潔諾薇亞，則是被同為學生會的二年級會計，也就是西迪眷屬的「士兵」仁村留流子帶走了。仁村是學生會連任的成員之一。

聽說參加社團的學生們似乎正在為操場的使用權起爭執，所以潔諾薇亞跟仁村便為了視察情況如何而立即動身前往事發現場。

我跟加茂一行人說了這件事之後，他們就煩惱地發出嘆息。

加茂開口說道：

「……仁村好像又自作主張跟潔諾薇亞說些多餘的話了，從那時候以來就老是發生這樣的事情。真是的，她們太過投緣也不知道好不好呢……」

潔諾薇亞跟仁村屢次受理了學生所提出那些似乎會演變成麻煩的委託，並且豪邁地以蠻力解決。她們兩個都屬於動手比動嘴快的類型，因此配合得很協調呢。

然而——加茂如此話鋒一轉，露出大膽的笑容對百鬼和蜜拉卡開口：

「勾陳、蜜拉卡，我們去找她們吧。會長竟然隱瞞這麼有趣的事情不讓我知道，真是太狡猾了！」

百鬼苦笑著低聲回應「了解」，蜜拉卡也擺出敬禮的姿勢回答「是的，我很樂意」。

……新學生會真是太過有精神了。

我目送新學生會的三名全新成員離開，思及剛才加茂所說「那時候」的事情，並回想起當時的狀況——

那件事發生在我二年級的第三學期——年初舉辦的學生會總選舉剛結束的時候。

「一誠，貴安。」

放學後，我看到莉雅絲、朱乃學姊、蒼那前會長以及真羅前副會長這些成員，待在神祕學研究社的社辦裡面歇息。

到了第三學期，三年級的學生們已經可以自由到校，身處來不來都可以的狀況。莉雅絲跟朱乃學姊有時會來學校，其他時候則會出門去其他的地方，都端看她們自己的心情決定。

莉雅絲享受著紅茶開口：

「不好意思呢，一誠。社辦借我們用一下喔。」

莉雅絲對我客氣地這麼說……她是認為自己早就引退，如今已不是社團成員才這麼講的吧。這樣也太悲傷了！這裡是莉雅絲一手打造的場所，可以隨意回來沒關係啊。雖然我在家也跟她這麼說過了，就算這樣莉雅絲還是不打算改變她想盡可能將社團活動以及社辦交給我們的決定。她是說——如果不進行改朝換代，就不能算是高中的社團活動了。

蒼那前會長微笑著開口：

「呵呵，因為我對學生會來說也完全是個外人，在學校已失去棲身之處了。」

真羅前副會長聽到這段話也一樣點點頭說道：

「因為引退的成員無法在學生會辦公室裡隨便休息呢。」

這樣啊，她們也都退出學生會了。畢業的學長姊除了在社團活動露個臉之外，應該很難在學生會辦公室出沒吧。畢竟學生會並非社團活動那種聚會，而是校內組織的關係嘛……

莉雅絲聽了她們的話之後開口：

「所以我才邀妳們過來嘛。這裡不但有空間，而且不管誰來都不太會有問題喔。啊，我也是有向愛西亞取得同意的喔。」

愛西亞坐在社長的位置上頭，舉起手說：

「是的，我當時回答因為這裡是莉雅絲姊姊打造的地方，請她不論何時都可以過來，不需要有顧慮喔。」

她也一副拘謹的模樣坐在社長的椅子上，看來要她自若地做好心理準備還早得很。不過呢，只要大家一起支持愛西亞社長不就解決了嗎！重要的是往後啊！

莉雅絲對愛西亞道謝：

「謝謝妳，愛西亞。不過我現在已經退出社團了，即使還來這邊玩也不會插手你們的社團活動──因為這裡是你們繼續編織未來的地點嘛。」

「呵呵，是呀。雖然我一不小心就照平常的習慣為大家泡好茶了……但我本來還很煩惱擅自使用這些東西到底好還是不好呢。」

朱乃學姊跟莉雅絲一樣表現得很客氣。看來她已經萌生了身為畢業學姊的自覺……但這還是令人感到無限寂寞啊。

「雖然畢業之前的這段短暫時間可能會麻煩到你們，不過還是請多多指教。」

蒼那前會長就那樣低頭行禮，開口拜託我們。

總覺得蒼那前會長在神祕學研究社的社團教室裡悠閒地喝著茶，這場景太過新鮮，因此讓人覺得很有趣呢……

──就在我滿腦子都想著這些年長大姊姊的同時，有某個人奔入社辦。

對方大大推開門，這樣喊道：

「救、救命啊——————！兵藤——————！」

那個人是匙！那傢伙一衝進來就緊緊地抱住我！

「是、是匙啊，怎麼啦？」

匙聽到我這麼問，就湧出淚水朝我訴說：

「嗚嗚嗚嗚嗚！會長她！會長她啊————！」

我姑且為了確認，望向身在現場的前任會長詢問匙：

「你說的應該不是這一位會長吧？」

匙注意到我的視線，也跟著面朝那個方向。而該處出現的身影，是冷靜享用著茶水的蒼那前會長。

前會長用一如往常的冷靜語調向匙說道：

「匙，你好吵喔。」

匙聽到這句話就嚇了一跳，姿勢驟然端正起來。不過他的臉上還是一副驚愕的模樣。

「…………會、會長！不對，前會長！妳居然來到這、這裡！」

前會長也只回了他一句「我至少也會跟朋友享受一杯茶嘛」。

我重新詢問匙：

「然後呢，你衝進我們社辦裡是怎麼回事啊？你說會長怎樣了？」

我這句話傳入匙的耳中，似乎讓他驀然回想起剛才的事，重新開始對我哭訴：

「啊！對了，對啦！兵藤，快幫幫我啊！我完全摸不透潔諾薇亞同學啊——！」

我跟愛西亞社長面面相覷，傾聽起匙的陳述。

哎，這傢伙口中所謂的會長，大概就是指駒王學園的現任學生會長潔諾薇亞吧。是的，她那傢伙在前陣子舉辦的總選中，跟隸屬西迪眷屬的花戒桃以會長之位為目標開打選戰，並且漂亮地當選了。然後匙自己則是因為曾擔任過學生會裡的職位，而獲選為副會長。

我想，匙之所以會死命攀住我，也是要拜託我跟那位現任會長有關的事情。呃，因為現任會長是神祕學研究社的社員嘛……

根據匙所言，在今天舉行的學生會會議上，潔諾薇亞一開口就說出了很驚人的話。

『那麼，這麼突然真是抱歉，不過今天的工作是要出外勤的喔。』

匙副會長聽到潔諾薇亞會長這麼說，似乎讓他滿腦子不解。

『咦？我們有安排那種工作嗎？』

就算他重新確認手中的行程表，上頭也完全沒有記載任何相關的事項。

不過，潔諾薇亞會長開口說：

『沒有啊，不過我們學校的學生好像跟他校的人起了糾紛，因此委託我們幫忙解決。所以我們要去突襲那間學校。』

匙聽了她那句話，似乎顯得非常手足無措：

『跟其他學校起糾紛？突襲？不不不，潔諾薇亞同……會長！這種事應該要跟老師他們報告比較好吧？』

潔諾薇亞會長意氣昂揚地如此回答他：

『有啊，我說了喔。我才一告訴阿撒塞勒老師，他就鼓勵我，叫我一定要去！』

『妳搞錯報告這件事的對象了吧！……算、算了……那麼，對方就讀哪一間學校呢？』

匙再度向她問起這件事，此刻先暫時冷靜的這一點實在很有匙的作風。因為我個人的心中，已對潔諾薇亞與阿撒塞勒老師這對組合浮現出最糟糕的想法。

不過潔諾薇亞會長就像證明了我最糟的預測一般，非常有精神地回答他：

『嗯，是出素戶爐井高中。』

匙一聽之下，嚇得眼睛都快掉出來了。

『那不是這一帶最惡名昭彰的學校嗎——————！』

沒錯，正如匙所言，那間學校是這附近被公認為評價最差的不良高中。善良的學生之間甚至存在著「若是一望見那間學校的制服，不管願不願意都得拉開距離別與他們對上眼」這樣的潛規則。

『是啊，沒錯！我們就是要去突擊出素戶爐井高中！』

聽說現任學生會長本人對出外勤＝突襲不良學校這件事，顯得十分精神煥發……

匙用手帕擦拭著眼角，懇切地述說著剛才那些事。

「……於是，現任學生會長大人已經與學生會的新成員們一起動身攻進那間學校了……雖然也存在著跟我一樣持反對意見的幹部，但才剛加入學生會的那些新成員則是支持著潔諾薇亞同學的意見啊……」

……真的假的，現任學生會成員們有那麼主張暴力嗎？從前任學生會留任至今的幹部，不是還有「主教」草下、「騎士」巡，以及「士兵」仁村這些人嗎？她們再加上匙之後就有四名連任成員。至於學生會中剩下的另外四個人，包含潔諾薇亞在內就全是新面孔了。

我記得新任幹部的名單裡，應該也有一位跟我同樣是二年級學生，擁有陰陽師血統的女生加茂忠美才對。其實我跟她不太熟，但知道雖然她並不是惡魔，卻是一位頗為調皮的少女陰陽師。嗯，感覺她跟潔諾薇亞會很志同道合。

小貓再為我附加了一段說明：

「……即使還不到物以類聚的地步，但說不定有半數當選的幹部稱得上是武鬥派成員。尤其那些二年級學生全都動不動就愛打架。」

喂喂喂！那些新入會的一年級學生也很皮是嗎！

「……仁村也一樣嗎？」

我為了進行確認而這麼問道。雖然連任成員中，一年級學生仁村同學的態度比較愛起鬨，但因為她曾是蒼那會長所率領的成員之一，我想說她擁有嚴格的原則……順帶一提，落選的花戒以及一開始就沒參加選舉的「城堡」由良則是離開學生會，重回一般學生的身分。

匙苦惱地說：

「是啊，仁村那傢伙也跟著潔諾薇亞同學一起胡鬧……」

哎呀，這實在是……我聽了他說的話忍不住抽了抽嘴角。

蒼那前會長喝著茶，這麼回了一句：

「留流子原本就是那樣的女生啊，我覺得她跟潔諾薇亞很合得來。」

我的天啊！豪邁的潔諾薇亞跟配合度高的仁村會合了是嗎！這、這兩個人只要再加上武鬥派少女陰陽師，即使變成一台失控的火車頭也毫不奇怪啊。

匙苦惱地開口：

「……嗚嗚，雖然新學生會才剛開始運作，但就算這樣也已經跟前會長的作風出現明顯差異了……！不，雖然他們在文書工作跟應對師長方面，比我想像中還要有能力，讓我很感激。不過除了那幾點以外就……」

匙開始說起蒼那前會長跟現任會長潔諾薇亞的種種不同之處——

☆處理運動社團爭奪體育館場地的情形時

・蒼那前會長的情況

蒼那：「請你們用協商的方式做決定。」

籃球社：「就是因為辦不到才會找你們來啊！我們籃球社下星期可是有比賽耶！」

排球社：「什麼嘛！我們也快要比賽了耶，如果不讓我們使用場地的話就無法調整應賽狀態了啦！」

蒼那：「我明白了。那麼，我會去拜託你們的社團顧問老師，這件事只要壓縮時間，各讓一步就能夠處理。另外，體育館不是只有籃球社跟排球社在使用，如果不能讓各個運動社團平均分配運用的話就沒有意義了。這一點明白嗎？」

籃球社：「……明白。」

排球社：「……交由會長定奪。」

匙：「真不愧是會長啊！光靠商量就解決了！」

・潔諾薇亞會長的情況

潔諾薇亞：「好，給我打一架決定吧。」

籃球社：「就是因為辦不到才會找你們——呃，咦——！打、打一架？」

排球社：「難道不用協商決定或是詢問老師這些方法嗎？」

潔諾薇亞：「也有些事情是必須透過拳頭才能夠明白的吧，我認為活動身體的運動類社團更該用這種方式解決。來吧，讓我看個清楚！各就各位！」

籃球社：「哪有這種事啊！」

排球社：「快來人阻止會長啊——！」

匙：「等等啊，會長！不要用互毆來解決事情啦！」

☆處理文化系社團活動的情形時

・蒼那前會長的情況

蒼那：「這可不行啊，漫畫社發表這種內容的漫畫實在是……」

漫畫社：「那、那可以稱作是……言論自由吧！這叫作把自己心中的妄想描繪拼接出來的作品啊……！」

蒼那：「可是這些漫畫的內容還是很淫穢……男人之間做那種事情……」

漫畫社：「愛、愛情存在著各式各樣的形式！」

蒼那：「雖然我不否認這一點，但我不會對這種東西在學校裡流通的情形置之不理。如果這樣的漫畫散播到校外，說不定也會影響到外界對我們學校的評價。即使我不打算對你們的言論自由說三道四，不過身為一名創作者，在把作品呈現在別人眼前時應該要三思而行。你們能明白我說的這些話吧？」

漫畫社：「……明、明白。」

匙：「真不愧是會長！用說的就讓他們明白了！」

・潔諾薇亞會長的情況

潔諾薇亞：「這部漫畫沒有後續嗎？」

漫畫社：「那、那可以稱作是……言論自由……呃，咦咦！妳、妳是說後續嗎？」

潔諾薇亞：「這兩個角色是一誠跟木場對吧？因為我們是夥伴，所以我個人也相當在意他們之後的發展。」

漫畫社：「妳、妳不在乎愛情的形式嗎？」

潔諾薇亞：「哎，不是也會有這種事發生嗎？另外，畫中的木場真是太像木場了。尤其是他看一誠的視線，以及對他說話的語氣，簡直就跟本人一模一樣。妳們真是觀察入微啊。」

不過為何兵藤是被木場撲倒的那一個呢？不是反過來嗎？」

漫畫社：「潔諾薇亞會長是兵藤×木場場派啊？那、那妳就錯了！木場場他是……攻才對啊──！」

匙：「會長請等一下！我一點都聽不懂妳們對話的內容啊！請妳用言語讓我接受吧！」

☆向師長報告時

‧蒼那會長的情況

蒼那：「老師，我做好這份常例報告書了，麻煩收下。」

師長：「喔喔，是支取會長！妳的動作總是很快呢！……嗯，很完美！真不愧是支取會長啊！」

蒼那：「哪裡，這是我應該做的。」

匙：「嘿嘿，真不愧是會長！收到指示後一天就做出來了！」

‧潔諾薇亞會長的情況

潔諾薇亞：「阿撒塞勒老師，那份報告書我做好了，拿去吧。」

阿撒塞勒：「喔喔，潔諾薇亞！我看看喔……學生會長專用的強化制服！總覺得這東西很有意思呢！」

潔諾薇亞：「我聽桐生說，日本的學生會長多半身著特殊制服。那我是不是也可以變身啊？」

匙：「學生會長哪裡需要那種東西啊——！」

…………

聽完匙的一番實話，我們新神祕學研究社的成員全都啞口無言。潔諾薇亞那個傢伙，別用自己的作風和人交涉（物理攻擊）啦……

但前學生會長本人就算聽到這些事，也沒有表現得特別慌亂或驚嚇。她只說了「也是會有這種事吧，畢竟領袖換人當了啊」一句而已，莉雅絲她們也只是面帶微笑地聽著匙說話。

啊啊，大姊姊們的反應已經像個隱居的老婆婆一樣了！

雖然我們煩惱著不知道該怎麼回應匙，但這時學生會成員的巡跟草下走進了神祕學研究社的社辦。

「小元，我們把那個孩子找來了。」

巡的身後站著一名看起來很懦弱的男學生。

「這個男生似乎有找潔諾薇亞會長商量過他跟不良學校之間的麻煩。」

巡要那名男學生站到前面來。潔諾薇亞之所以會突襲不良學校，聽說起因也在於這個男生身上。

他戰戰兢兢地開口說：

「…………那、那個，我這次……」

匙挺身逼近他說：

「真受不了你啊，對潔諾薇亞同學提出那種豪爽的請求。到底要怎樣才能捲進那種大麻煩啊？」

那名男學生面對咄咄逼人的匙，就開始撲簌簌地掉下眼淚。

「嗚嗚…………」

然後，他拚命地懇求匙：

「……請你不要責怪潔諾薇亞會長！」

男學生開口述說起他跟不良學校之間所發生的糾紛。

「……我讀小學的弟弟好不容易讓家人買了一台公路自行車給他，卻被他們班上的霸凌集團給偷走了。他去向對方理論的時候，就聽說了那個帶頭欺負人的小孩的惡霸哥哥好像是不良學校的老大……於是演變成他想把腳踏車拿回來也沒辦法的情形。」

據說他曾一度鼓起勇氣去找對方卻吃了一拳，然後就完全不被他們看在眼裡了。

「……這、這種事沒人能陪我商量……不過，繼續這樣下去弟弟也很可憐……」

那個男學生沒辦法找人諮詢，只能一籌莫展地坐在駒王學園中庭的長椅上，聽說偶然經過那裡的潔諾薇亞開口問他：

『你怎麼了？一臉死氣沉沉的模樣……』

大概因為他想找人傾訴的關係，忍不住把心中的煩惱全部告訴了她。然後，聽他說完的潔諾薇亞就起身離開長椅……

『……我明白了，交給我辦吧。』

——並向他這麼說。

雖然男學生一瞬之間，還無法理解她那句話所代表的真正意思——

『咦？』

就朝她做出這樣的反應。不過潔諾薇亞本人直接面對他，堂堂宣布道：

『我會幫你把那台腳踏車拿回來。』

『可、可是……』

『你是這所學校的學生，而我則是這裡的學生會長——既然你身陷窘境，幫助你也是理所當然的事！』

那個男學生流著眼淚，懇切地對我們述說這一切。

「……我問了學生會的成員們剛才那件事，才知道她先前所說的話全是真的……儘管我非常高興，但再這樣下去潔諾薇亞會長會有危險！出素戶爐井高中的學生們，全都凶險到連大人都不敢對他們動手的程度！我、我不知道要怎麼辦……！不知道是該跟他們一起去，還是乾脆報警比較好……！」

雖然那個男生感到很為難……

這樣啊，原來發生了這種事情。正義感很強的潔諾薇亞一旦聽說了那種事，可不會默默坐視不管。而且她現在的立場還是個學生會長，絕不可能毫無作為！

匙聽了他的話，就用手揉揉鼻子下方便開口：

「……真是的，既然發生了那種事，老實跟我們講不就好了。」

匙走向社辦的門，對著他的同伴巡和草下說道：

「巡、草下，我們的新任會長有困難了——要走一趟嗎？」

巡跟草下聽了他的話，就面面相覷，露出苦笑答道：

「哎呀，既然是學生會幹部，再怎麼樣也該幫助會長吧。」

「這是常有的事呢——雖然會長這次的作風比較蠻橫啦。」

看來他們三人的意見一致。

「那我們上吧！」

匙他們才這麼說完，就衝出了神祕學研究社的社辦！

因為匙那傢伙多半也是相當有正義感，聽了剛才那個男同學的話當然會挺身行動。

好啦，我們新神祕學研究社聽了這件事要怎麼做呢？總而言之，我想去看一下情況也好。我不僅是擔心自己的夥伴潔諾薇亞，也很在意匙這個朋友的狀況。

我跟莉雅絲說：

「莉雅絲，我也要跟他們去……我得去看看以後會有往來的新學生會將如何活躍啊。」

就在這時，伊莉娜跟愛西亞舉起手開口：

「我也要去！畢竟我紫藤伊莉娜是潔諾薇亞會長的好朋友嘛！」

「是的！我也會以神祕學研究社社長的身分，助潔諾薇亞會長一臂之力！」

在角落靜觀事態的神祕學研究社新副社長木場，也浮現苦笑，起身說道：

「啊～那麼，我們新神祕學研究社的全體成員就一起去助陣吧？」

他這句話讓眾人也都舉起手表示同意！

『喔喔！』

好，大家就共同去見識新會長的活躍吧！

就在我正要踏出社辦的時候，聽到了年長組的對話內容。

「……呵呵，不管是哪一方的孩子都很朝氣蓬勃呢。」

「這樣不是很好嗎？就是有這樣的氣勢才可靠嘛。」

莉雅絲跟蒼那前會長都一臉欣慰的模樣。

啊啊，我在那一刻終於明白——她們打從一開始就深信著，就算光憑我們幾個人，也可以放心交給我們處理了。

—○●○—

我們到達的地方——是座落於駒王町中的某一處河岸。聽說潔諾薇亞就是被對方找來這個河邊。我跟匙、巡還有草下在途中會合，躲在岸邊的暗處窺伺著情況。

該處出現的是以潔諾薇亞為首的新學生會成員，還有成排與他們對峙著的多名流氓學生。對方的人數，足足超過五十人之多。

潔諾薇亞上前一步問道：

「你們就是出素戶爐井高中的學生嗎？」

身在那群小混混正中央的人——是一名跨在公路自行車上，臉部有穿環的不良男子。他擺著臭臉，勾起令人生厭的笑容回答：

「嘿嘿嘿，駒王學園的學生會長大人，為何要專程跑這一趟呢？」

他周圍的其他不良分子們就像在呼應他那句話一般，也跟著喧鬧起來：

「想怎樣啊，該死的混帳！」

「做掉妳喔，臭女人！」

現場混雜著一片讓人無法想像同樣出自日本人之口的話語。

毫不畏懼的潔諾薇亞指著那台公路車開口：

「能把你現在騎的那台自行車還我嗎？」

小混混首領踩在自行車的踏板上，目中無人地說道：

「妳是說這台公路車嗎？免談！我要藉由它讓自己桃花朵朵開！懂？在現在的馬子心裡，騎公路車的傢伙可是很夯的喔！」

「「「馬子！馬子！」」」

他身邊的那些傢伙聽到老大這麼說，也騷動了起來……說什麼馬子啊，這些人到底是哪個時代的不良少年啦……

「是這樣嗎，留流子？」

潔諾薇亞詢問站在自己身旁的一年級女學生仁村。

「沒啊～～才沒聽過那種事呢。老大，妳可別聽那些不良分子亂說啦。」

仁村對潔諾薇亞說話的口氣完全像個黑道小弟！而且她還叫潔諾薇亞「老大」！

「這樣啊，我是不太懂啦，反正給我把車還來。」

潔諾薇亞氣勢威風地這麼對他說。不良少年的首領露出彷彿舔遍她全身的眼神，打量著潔諾薇亞的胴體說：

「喂喂喂，是講真的還講假的啦？算了，看妳還有幾分姿色，如果代替這台自行車讓我騎的話，答案可能就不一樣了喔。」

『嘎哈哈哈哈！』

不良軍團哄堂大笑。而潔諾薇亞只是嘆息般吁了口氣回應：

「不管在哪個國家，這類傢伙會說的台詞都一樣呢……」

「老大！做掉他們吧！現在給他一招踢下去比較快！」

仁村顯得興致勃勃！妳比在蒼那會長身邊工作的時候還活潑了對吧！

好啦，雖然我們觀望著事態將會如何發展，卻注意到匙那些被留下的學生會成員們的身影不在掩蔽處。我用視線追尋他們的蹤影，就看到他們已走近潔諾薇亞一行人的身邊。

「潔諾薇亞會長，幫手來了喔！」

匙氣勢勇猛地快速登場！

「喔，是匙你們啊。來得可真慢呀。」

潔諾薇亞看起來也顯得很高興，匙搔著臉頰回答：

「這個嘛，身為副會長也有很多必須考量的事啦。」

新學生會的所有成員都聚集在潔諾薇亞的身邊。他們全露出一副幹勁十足的表情！眼前出現的並不是蒼那前會長率領的冷靜學生會，而是由現任會長潔諾薇亞領軍的熱血學生會！

潔諾薇亞帶領著全體成員放聲大喊！

「好！新學生會的成員全都到齊了！就讓你見識見識我們之間的交流吧！」

潔諾薇亞執起木刀，直指對手！

「留流子，殺入敵陣——！」

「收到！我超愛這種氣勢啊！」

她的動作化為暗號，讓仁村立刻快速地連續出拳，然後——

就直衝進敵人之間！她迅速踹飛了兩三個小混混！畢竟就算沒有人工神器，她的踢擊也很犀利啊！區區個小混混根本無法承受吧！

「黃龍！儘管把他們打飛沒關係喔！」

接獲潔諾薇亞的指示，擔任學生會書記的一年級男生——百鬼黃龍就飛身上前，輕易地同時撂倒好幾名不良少年！

「一想到這種生活要持續過上一年，真讓人又高興又害怕啊！」

看來他配合著潔諾薇亞的調子也感到很開心。

接下來是二年級的加茂，她朝不良少年們擲出無數枚陰陽師的符籙！而被她符咒貼中的不良學生們，都無力地當場倒下。

「這就是惡童退散呢！」

她也一樣來勁啊。在加茂的身旁，那名全身裹著厚厚衣服的女學生——蜜拉卡．沃登堡則憑著輕巧的拳技跟踢擊，將不良少年接連毆飛！

「嘿！喝呀！白天好難行動喔，真羨慕那些晝行者。」

她如此展現出與那副可愛嗓音相悖的攻擊力！

「真是的，之後要怎麼解釋啊！」

匙儘管出聲抱怨著，卻同樣將衝向他的小混混猛扔出去！

「那種事情！之後只要向阿撒塞勒老師說一聲就會有辦法解決啦！不管怎麼說，我們都不是在做壞事啊！」

潔諾薇亞自信滿滿地那麼宣布！不不不不，我覺得那樣也不是很好耶，潔諾薇亞現任會長大人！算、算了，阿撒塞勒老師在這方面總會最快採取行動，我想，他一定也有著要讓那些不良高中知道，如果欺負我們學校的學生，會落得什麼下場的能耐。唉～～老師一定也會把這件事搓掉啦！

雖然學生會成員面對那些不良學生派出了強大的攻勢應戰……卻讓我們這些來看看的新神祕學研究社閒得發慌。

我姑且為了確認狀況而詢問眾人：

「那麼，我們要怎麼辦啊？就算我們不在現場，憑他們自己就能搞定吧。」

不過，伊莉娜完全在興頭上！話說回來，她已經從隱蔽處衝出去了啊！

「我乃駒王學園學生會長潔諾薇亞的至交！紫藤伊莉娜！前來助陣啦！」

那名雙馬尾女孩就像哪裡的時代劇一樣，單手握著木刀開始狂劈亂舞！

潔諾薇亞眼見伊莉娜來到現場，就高興地說道：

「喔喔！我的心靈之友啊！太感激了！」

正在我心想「真是服了她們」的時候，我家的愛西亞也飛衝出去了啦！

「我、我也有來喔！如果受傷的話，就由我幫大家治療！」

她果然沒有要跟不良少年對打，而是想告訴潔諾薇亞自己也來到現場當後援了對吧！潔諾薇亞看到愛西亞登場也顯得很開心。

我搔著後腦勺……啊～～事情演變至此，與其說自暴自棄，不如說只能配合大家了吧。

「……如果愛西亞社長上場了，那麼這件事就也算是我們的問題了，不是嗎？」

我如此詢問大家的意見。擔任副社長的木場雖然露出苦笑，但還是頻頻點頭同意道：

「不去不行了吧？」

「……走吧走吧。」

「唯、唯有幫助社長，才稱得上是一個神祕學研究社的男生～～！」

小貓跟阿加也點了頭！

好，既然這樣就沒辦法啦！

我們也照著情況，從掩蔽物後面飛奔出去！

「好啊，就上吧！我等正是駒王學園學生會長，潔諾薇亞的夥伴——」

就這樣，學生會的歷史刻下了嶄新的一頁。

也就是「潔諾薇亞會長對不良學校的學生們發起戰爭」——這樣的紀錄。

聽說幾天後，公路車就送還到弟弟手邊，那名男學生重新向包括潔諾薇亞在內的現任學生會成員道謝。當然，這次的事件並沒有浮上檯面，而是靠阿撒塞勒老師成功壓下去了……

不過，那間出素戶爐井高中則是——

「不可以對駒王學園的學生們出手。那裡隸屬於學生會以及神祕學研究社的傢伙們強得跟怪物一樣。」

據說在校園裡流傳著這樣的宣告，讓他們即使在路上看到駒王學園的學生，反而會轉而閃避。不僅如此，連附近一帶的高中也傳出了「駒王學園新學生會都是一群打架超強的傢伙」這樣的謠言……

蒼那前會長就算聽到這個消息，也只是露出微笑說道：

「新世代的學生會那麼有精神也滿好的啊。與我任職學生會的時候不同，也就是說那種新鮮的風格一定能為駒王學園帶來嶄新的氣息。」

總覺得，前任會長一卸任會長之職，整個人就變得很豁達了……

不過莉雅絲卻輕聲笑了起來，只對我一個人說道：

「蒼那本來就是不拘小節的人喔，雖然在擔任學生會長時，表現得很剛毅就是了。」

……這麼說起來，她來我家玩的時候好像也是一副大而化之的調調。

「救救我啊——————！」

——這時，匙再度衝進了神祕學研究社的社辦！他一看到我，又再一次纏上我了！

「兵、兵、兵藤——————！我們家的會長又鬧事了啦——————！仁村那傢伙也興致勃勃的耶——————！這次連巡跟草下都配合起他們了啦——————！」

匙眼泛淚光……我只能顫抖著笑容回答「是喔是喔」，然後陪他談談……這個嘛，總之必須先從控制潔諾薇亞的方法開始教他才行呢。

新神祕學研究社與新學生會的相處之路，似乎還很漫長——

Life.5 鋼之妄念

——這是發生在正月時期，年節過了三天之後，一月四日的事情。

我跟著雙親以及愛西亞共四個人，驅車在S縣的鄉間小道上。至於我們為什會在一月四日跑來這個地方呢——

我們開著自家的汽車到達一幢古老的獨棟式房舍——它座落在一處與都市區距離頗遠的鄉村小鎮角落。有名老婆婆用溫和的笑容，迎接從車裡出來的我們——

「新年快樂。歡迎你來喔，一誠。」

「奶奶！新年快樂！好久不見了！」

沒錯，那個人正是我的奶奶。

這次的故事，是描寫兵藤家族謙和的全家團圓景象——原本預計是如此。

來自惡魔、天使、墮天使以及其他勢力的許多訪客，都陸續在這三天來訪。我們結束這三天熱鬧得前所未見的日子後，就把第三學期開始前的剩餘寒假分配給各自預定的計畫。

「我要回老家一趟喔。」

最先對我們如此報告的人是莉雅絲，聽說她要在第三學期開始前去跟雙親打一次招呼。雖然我問她這次該不該和暑假回去的時候一樣，讓眷屬們隨行……

「不用，因為祐斗會陪我回家，不用帶一堆人去。」

她卻這麼回答。這種時候身為「騎士」的木場經常會跟著去，擔任遇到緊急情況時的保鑣。

「可是，又不知道會發生什麼事……」

——儘管我擔心地這麼對她說，莉雅絲卻提到：

「一誠的父母親不是要去奶奶家嗎？你每年也都會跟他們一起去吧？既然這樣，還是跟他們一起去比較好喔。」

她笑著如此回答我。

沒錯。每年正月頭三天結束的四日以後，我們家就會前往爸爸那邊的老家——奶奶居住的鄉下探親。這就是莉雅絲預先知道這件事而做出的貼心舉動。

莉雅絲以外的其他成員也——

「我也是從四日開始告假，因為已經決定要跟父親一起去為母親掃墓了……」

朱乃學姊先是這麼說，然後——

「……我從四日開始要跟姊姊去山上旅行，同時順便修行。」

「……但我就說不想去了嘛……是被她強迫的喵。算了，聽說目的地那邊有天然溫泉，可以悠閒地慢慢泡♪」

「因為我、我也想跟小貓一起去，所以要請假～～」

「我也會與黑歌同行。」

小貓、黑歌姊妹＋加斯帕&勒菲也這麼表示。

「我也要回英國去探望爸爸跟媽媽！開學前我會回來的！」

看來伊莉娜也要返鄉一趟。

「因為葛莉賽達修女要我助她一臂之力，所以四日開始我就要前往修女的那個支部……雖然學生會的選舉快到了，不過我也很掛心幫忙教會的事啊……」

儘管潔諾薇亞邊說邊嘆氣，但她看起來也很樂意協助教會。

「我想去一趟輕旅行。」

羅絲薇瑟想獨自踏上旅程。畢竟現在是新年時期，偶爾也該大方地拿出錢來。

「我也要回去老家一趟喔。」

蕾維兒跟莉雅絲一樣決定回家鄉探視。

如此一來，就剩下愛西亞跟奧菲斯還沒開口了。

雖然愛西亞沒有什麼特別的預定計畫，十分猶豫不知是要跟著莉雅絲上路、幫忙潔諾薇亞，還是和小貓他們踏上修行之旅才好——

不過莉雅絲這時撫摸著愛西亞的臉頰，溫柔地對她說：

「愛西亞，這是個好機會，所以妳就跟一誠的雙親一起回去吧。儘管我也正想去問候一下，但還是等下次機會好了。就先從這個家中第一個受到照顧的妳，打頭陣前去拜訪吧。」

「是的，我明白了！」

愛西亞聽了莉雅絲這席話，就決定跟我們一家人回鄉下探望奶奶。

「……吾，沒有行程。」

以存在上的意義而言，奧菲斯一旦去外面就不妙了，因此就派她一個人留在兵藤家的住宅看守——雖然這麼說，但潔諾薇亞是經由兵藤家往返修女身處的支部，因此她並不是真的一個人在家，這件事讓我放下心來。我會把雷誠留在家中，所以就算我們要出門個幾天，她也不會感到寂寞才對。

我們神祕學研究社的成員就是以這樣的感覺，分別度過寒假剩餘的時光。

——就這樣，我跟愛西亞來到了爸爸的老家。

「打擾了～」

我們才剛踏進玄關，一股令人懷念的氣息、氣味以及氣氛就撲面而來。房屋裡面雖然是木造的陳舊架構，但每一個角落都打掃整理得很乾淨。每當體會到這種感覺，就讓人忍不住產生「真的來到奶奶家了呢」的感受。

進入起居室之後，大家就前往佛龕向爺爺打招呼。

遺照中的爺爺笑得很開朗……雖然距離爺爺過世已經過了很長一段時間，但我記得每次來到這裡時，他總是會用笑容迎接我們呢。

爺爺，我交到女朋友嘍，也多了很多朋友呢……儘管變成惡魔，但總算平安無事地過了一年。祈求您在這一整年裡也同樣看顧著我。

那麼，向爺爺報告完近況之後，爸爸率先放鬆下來說道：

「呼～～這裡果然很令人平靜呢。」

我們明明才到達這裡沒幾分鐘，就能表現得如此閒適啊。也是啦，畢竟這是他出生長大的家，能這樣也是理所當然。

「婆婆，我來幫妳吧。」

媽媽前往廚房去幫奶奶的忙了。

而初次來到這裡的愛西亞則是──

「…………」

一臉緊張地跪坐在房間的角落。看來她是不知道該怎麼辦才好吧，因為她第一次進來這棟房子嘛。我覺得可能因為這裡是我們家鄉的緣故，才讓她產生這種奇怪的緊張感。

我像是為了緩解愛西亞的緊張感似的，站起身開口：

「愛西亞，我們一起去幫媽媽跟奶奶的忙怎麼樣？」

「好、好的！」

必須先從這種方面切入才行呢。

忙完之後，我們稍微聚在一起喝個茶，聊了開來。爸爸向奶奶引薦愛西亞：

「媽，這位就是寄住在我們家裡的愛西亞喔。」

「哎呀，雖然我已經聽說過了……這還真是一位可愛的外國小姐啊，妳會說日文嗎？」

「會、會的！我叫愛西亞．阿基多，受到兵藤家各位許多的照顧！」

愛西亞也真是的，她坐得直挺挺地，一個勁兒向著奶奶頻頻點頭行禮。奶奶則是跟平常一樣笑咪咪的。

「妳就把這裡當成自己的家，好好放鬆休息就可以了喔。」

「是、是的！」

奶奶往我的方向偷瞄了一眼，臉上仍然掛著微笑這麼說道：

「看來能見得到我的曾孫了呢。一誠，那就麻煩你越快越好嘍。」

——唔！奶、奶、奶奶奶奶奶奶、奶奶妳真是的，幹嘛突然說這些不得了的話啊！

「奶、奶奶！拜託妳饒了我吧！」

我的臉變得一片通紅——愛西亞也一樣！爸爸跟媽媽還同樣志同道合地表示「真是期待呢」！

啊啊啊啊啊啊，他們真讓我覺得「有其祖母必有其雙親」啊……！看來這種特質真的是遺傳使然呢……說不定我會這麼色也是由於這個家代代流傳下來的基因所致！

就這樣，我們在鄉下度過的假日揭開了序幕。

當天下午——

「抱歉啊，愛西亞。連我奶奶都那個樣……」

「不會，我並不介意。」

我跟愛西亞如此聊著，走到離奶奶家大約十幾分鐘路程的熱鬧地帶。即使這裡人潮比較多，跟都市區比較起來還是很寧靜，因此店舖跟行人的數量也不多。而且店面之間的距離還長達數百公尺遠呢。

我跟愛西亞在奶奶家把事情都大概做完之後，我就因為想跟愛西亞介紹附近環境而帶著她出門。

當我們正要踏出門外之際，奶奶她——

「這是給你們的壓歲錢，一誠跟愛西亞都要收下喔。」

——就這樣，我和愛西亞都得到了壓歲錢。

……奶奶人太好了，總覺得她會發給來訪的每個孩子壓歲錢呢。這次沒有帶著神祕學研究社整批浩浩蕩蕩的人馬一起過來，說不定是件好事。要是奶奶準備了跟我們人數一樣多的紅包，她的生活就會出現困難了吧！

然而，這片鄉下還真是一如往昔啊。眼前讓人莫名懷念的古老鄉鎮風景，全都維持著我小時候看到的那般模樣。

「一誠先生很常造訪這座城鎮嗎？」

愛西亞露出一臉感到稀奇的模樣，環顧著四周這麼問我。

「是啊，因為我小時候每當爸媽一起出遠門辦事，就會把我寄放在奶奶家。爺爺跟奶奶常常帶我來這附近玩喔。」

盂蘭盆節的時候也會來呢。雖然去年盂蘭盆節的假期時我去了冥界一趟，所以沒有過來這裡，不過長大以後每年還是會在新年以及盂蘭盆節這兩個時期來奶奶家拜訪啊。哎呀，這裡就像是我的第二故鄉呢。

這麼說來，我剛才走出家門時，奶奶說了一句「最近這裡不太安寧，你們自己要多小心喔」。據說附近這陣子出現了隨機傷人犯，被襲擊的受害者每天晚上都會增加。而他們所受的外傷……好像只有脖子出現被咬過的痕跡……難道有異種怪物在這種鄉下地方作亂嗎？

嗯～～要是如此，那究竟是怎麼一回事呢……如果奶奶住的地方出現了那種東西，我覺得還是將其剷除掉比較好。

不過，敵人如果隸屬他方勢力，若是隨便出手的話以後會很麻煩吧？不不不，對方若對奶奶跟這座鄉鎮造成危害，我可不能坐視不管啊。不過，這行為似乎會對莉雅絲跟阿撒塞勒老師造成困擾……要先跟他們聯絡嗎？可是，大家都正在享受各自的寒假……這真是讓我傷腦筋啊。

我腦海中盤旋著這些念頭，領愛西亞往前走。在經過理髮店、洗衣店以及蔬果店等等店舖時，也漸漸接近我的目的地一帶了。

我東張西望地尋找那間店的所在之處。

「我記得這附近確實有一間兼賣玩具的雜貨店才對啊……」

我還是個小鬼的時候，經常和爺爺一起光顧那間雜貨店。去買零食的同時，也會纏著爺爺討那家店販售的塑膠模型呢……不，模型對我而言似乎是去那間店主要的目標，零食才是順便買的吧。

我們終於找到那間瀰漫陳舊氣氛的店了。

「啊，看到了！愛西亞，就是這裡。」

我一打開推門，就響起「噹啷噹啷」這樣的鈴聲，實在是太令人懷念了。走進門內就看到擺滿店裡的古早味點心，而那些老舊的玩具不是懸掛於半空中，就是被隨意堆放在箱子裡頭。

「天啊～～真的好懷念喔。」

我一走進店裡，就和坐在收銀機旁的伯伯對上眼，點頭打了個招呼。呃，雖然他可能不記得我，但還是先姑且這麼做好了。

我跟愛西亞逛完賣零食的區域之後，也走向擺放塑膠模型的那個角落。從我小時候到現在一直都還沒賣出去的許多盒塑膠模型映入眼簾。

「像這種鄉下市鎮的個體店舖裡，會沉睡著年代久遠的珍貴塑膠模型——」

正當我對愛西亞說到這裡的同時，就發現有其他客人捷足先登。

「快、快看啊，亞歷維恩！這、這是早已絕版的『機械雙俠』塑膠模型！而且這不正是市面上數量最少的機械雙俠三代模型嗎！」

——唔！在我眼前出現的人，是一位不太可能置身在這個鄉下村鎮，有著一頭淡綠光澤金色長髮的熟悉眼鏡美少女…………雖然剛發現對方的時候，我還以為是看到幻覺而一度揉了揉雙眼……

「啊！這、這裡也有絕版的『決鬥裝甲Bulugxam』中的敵機『梅塔利烏斯』百分之一尺

寸的模型！……它不但是在數年前的重新發售活動中因為模具遺失而無法販賣的商品，而且還是初版品！真沒想到會在這種地方出現啊……！」

那位手拿塑膠模型的盒子，興奮得渾身發抖的美少女，正是絲格維拉．阿加雷斯！

為為為為為為、為什麼絲格維拉會出現在這座鄉下小鎮裡面的這間雜貨店啊！我跟愛西亞都驚訝地張口結舌！畢竟我們連想都想不到，居然會在這裡再度和她見面啊！

儘管絲格維拉用顫抖的手調整著眼鏡的位置，仍然開口如此說道：

「……雖然我以為鄉下玩具店已經被那類人士狩獵一空，但要找還是找得到呢。」

「過來這間店看看果然是正確的呢，絲格維拉大人。」

在她身邊的是一名執事打扮，身段很有紳士風範的男性——也就是說，連阿加雷斯家的「皇后」亞歷維恩都在啊！

「是啊，雖然我懷著『反正也找不到任何東西吧』這樣的想法，毫無期待地進來看一眼……結果卻是非同小可呢。」

絲格維拉露出恍惚神情，緊抱著手中的塑膠模型包裝盒。這時有一個身形嬌小，深深戴著兜帽的人物逼近她開口：

「……等、等等，絲格維拉大人。您繞來這種地方會讓我很困擾的！我的……我們的目標應該不在這裡才對吧……？」

那個人的聲音雖然是女性的嗓音……但多半是因為她低低壓著兜帽的關係，無法窺見她的長相。咦？我記得好像有聽過那道聲音耶……？

絲格維拉對那名頭戴兜帽的人物冷靜地說道：

「這種時候就算著急，要找的東西也不會自己出現啊。我們已經結束白天的問訊調查，接下來就等到太陽西沉以後再說吧。」

雖然絲格維拉如此勸說著對方……但她手上還緊緊抓著塑膠模型的盒子，即使說出這席話也很欠缺說服力耶……她看來還是一樣喜愛機器人，真是太好了。

是說，我過年時才剛跟她見過面而已。但她那時候也有詢問我對某部機器人動畫的新作有什麼看法……我覺得自己好像被這個人當成熱愛機甲作品的同胞了呢……

——這時，亞歷維恩大概是察覺到半瞇著眼凝望這幅光景的我，就對我開口說道：

「哎呀，居然會在這種地方碰上面，可真是場巧遇啊。」

「啊，你好。」

我晚了一步才向對方打招呼。絲格維拉看到我們出現，也微笑著說：

「哎呀，這可不是兵藤一誠嗎？我們明明前幾天才見過面，此刻又在這個地方相遇，真的只有湊巧可以形容了呢。」

絲格維拉說到這裡，就露出一副明白過來的模樣開口：

「啊，原來如此……你也是一名彈鋼愛好者，是循著氣味察覺到這間店的吧？」

絲格維拉勾起一抹賊賊的笑容……煩耶，她又對我增加一項莫名其妙的誤解了！她誤以為我是為了得到珍稀機甲模型，而來往於各鄉鎮模型店之間尋覓的同好啊！

就在我被她安上多餘的誤會，抱頭苦惱的時候，那個戴著兜帽的人物把視線挪到我身上開口：

「你是……」

對方也認得我嗎……？咦，她會是誰啊？——就在我心生疑惑的同時，那個壓低帽緣的人輕輕掀起兜帽，露出臉龐。

「——！」

我……沒想到那個人會登場，而啞口無言。因為在我眼前出現的是一位擁有赤紅雙眸，波浪金髮，面容端正得猶如人偶般美麗的女孩——吸血鬼愛爾梅希爾德！……畢竟她會在此刻現身不僅出乎意料之外，更令人無法想像。絲格維拉出現在這座鄉鎮就已讓我十分驚訝了，她其中一名隨行者居然還是那位愛爾梅希爾德……！這是我和她在吸血鬼國度分別之後第一次見面呢……而且當時也沒有好好跟她告別……

我雖然感到驚愕，還是稍微跟絲格維拉一行人解釋了一下目前的狀況，也就是告訴他們我爸爸的老家位於這一帶的事。絲格維拉聽我這麼說完，總算掌握了來龍去脈。

「這樣啊，原來令尊的老家就座落於這個城鎮呢。」

「那麼，絲格維拉……妳怎麼會來到這裡呢？」

絲格維拉聽我這麼一問，就和亞歷維恩交換了一個眼色，點點頭回答：

「……告訴你也無所謂。我們先出去外面再說吧——不過，在這之前我得去結帳。」

絲格維拉如此說著，就去結帳購買那組稀有的塑膠模型了。

……她果然要買下那個塑膠模型呢。

那個擔任店主的伯伯把價格輸入收銀機的時候，冷不防這麼問道：

「小姐啊，你們是來自外地的人對吧？是遷居到這裡來的嗎？」

「不，我們只是來觀光而已。」

——絲格維拉這麼回答他。

店主伯伯頻頻點著頭開口說：

「原來如此，是來觀光的啊。不過這還真是稀奇，最近從外地搬來的居民偶爾也會來我這間店光顧喔。他們就像妳一樣，前來購買許多有新有舊的塑膠模型呢。」

伯伯這麼說著，將商品裝進袋子裡。

絲格維拉他們聽到伯伯這句話，便露出一副領會到某件事情的模樣。

我們坐在雜貨店前設置的長凳上——在那裡吃著古早味點心，聽絲格維拉解釋目前的狀況。

而我們聽到的內容——是跟「離群惡魔」有關的情報！

聽說這座鄉鎮附近，有原先身為吸血鬼的「離群惡魔」逃來這裡，而阿加雷斯家前些日子才剛接獲這項消息！對方的性格似乎十分凶惡，擔任某位上級惡魔的眷屬過了好幾年，如今突然企圖逃亡。由於他原本就懷有危險的思想，因此身為他主人的男性貴族也對他抱持警戒……不過他終究還是顯露本性開始反叛。

我聽到這件突如其來的消息，當場站起身！

「……那、那麼，妳是說這座鄉鎮附近出現了危險的吸血鬼——也就是那個『離群惡魔』的意思嗎？」

……原來奶奶當時說的話，就是指這件事情啊！脖子被咬傷的痕跡也是吸血鬼特有的吸血行為所造成的吧！天啊！那種傢伙為什麼偏偏逃到奶奶所住的這處鄉下來啊！

絲格維拉將買來的零食——黃豆粉棒放入口中，接著說道：

「因為我們的行程偶然出現了空檔，於是便配合人間的新年時節前來觀光。家裡就在當時傳來了通知，決定由我們這幾個親自過來這裡——而卡蜜拉那邊派出的特務——愛爾梅希爾德小姐就在這個地方跟我們會合。」

坐在長椅一端的愛爾梅希爾德頭上蓋著兜帽開口：

「那名吸血鬼是卡蜜拉派長年追捕的異端分子之一——事到如今，他總算被我們逮到狐狸尾巴了。」

原來他是卡蜜拉在追的吸血鬼啊。

絲格維拉接著說下去：

「恐怕前些日子邪惡之樹對采佩什派以及卡蜜拉派所發動的恐怖攻擊，就是契機所在吧。由於那起事件，許多勢力強大的知名高強吸血鬼都被打倒了。而那些被他們追趕的反叛者們趁著這個時機擴展自己的勢力，也並非什麼不可思議的事情。」

他們遭逢追擊時棲身於惡魔的所在地，一聽到卡蜜拉大本營半毀就再度展開行動……！

亞歷維恩嘆了口氣說道：

「……因為吸血鬼能以絕對君主這項身分，來增加麾下的眷屬啊。只要在滿月之夜時嚙咬他們看上的對象頸部就可以了。以某種層面上來說，這方法比惡魔的轉生儀式還要輕鬆，因此增加的速度很快。」

雖然亞歷維恩這麼說，但他眼見愛爾梅希爾德的表情籠罩著一層陰霾，便低頭向她道歉：

「——啊，真是失敬。我說得太過分了。」

「……不，你說得一點都沒錯。對那些下賤的吸血鬼來說，所謂儀式或許也只不過是他們用來誇耀的手段罷了。但這實在令人不悅至極……然而，對方居然變成了惡魔……難怪我方直到現在都尚未接獲情報。」

愛爾梅希爾德一臉恨得牙癢癢的模樣，她的個性還是一樣很好強呢。

「先跟莉雅絲——我的主人聯絡一下會不會比較好啊？」

我問了絲格維拉這句話。

「去通知莉雅絲他們過來的話太不識趣了吧。現在是難得的新春假期，必須讓他們悠閒地放鬆才行。我們就自己想想辦法吧。」

意思是說這樁案件只要靠絲格維拉、亞歷維恩跟愛爾梅希爾德他們幾個就能解決了吧。不過——那是行不通的！

「我也會助你們一臂之力！祖母家附近出現這種危險的傢伙，我也沒辦法安心地回到駒王町去啊！」

我堅定地提議！沒錯！這裡是我的第二故鄉，也是我和去世的爺爺曾一起生活的重要城鎮！如果這裡出現了邪惡的吸血鬼，我絕不可能坐視不管！

「我、我也要幫忙！」

愛西亞也接在我後面這麼說！

絲格維拉看到我們兩人自告奮勇提議的模樣，忽地輕笑出聲：

「呵呵呵，說得也是呢。這樣一來我就安心了。雖然我打算靠自己、亞歷維恩以及愛爾梅希爾德小姐擺平，但能得到熟悉這一帶的人協助，就算是幫了我們大忙呢——儘管新春伊始，我們『D×D』小隊就來一趟祕密任務吧！」

絲格維拉伸出手要跟我握手！我就充滿氣勢地回答了一聲「是！」，然後與她互握！不過，隨後絲格維拉將手抵在下巴上，自言自語地說道：

「……可是，我很介意在這間店買到模型的事情。該怎麼形容呢……好像感覺到某種像是鏘鈴一響，閃現光芒的特效似的東西呢……」

雖然不知道她在嘟囔些什麼東西……但還是不要追問好了。那樣說不定會直接演變成一場彈鋼座談會……

這時我忽然在意起愛爾梅希爾德，把視線投到她身上。不過——

「…………」

她出乎意料地一語不發。我還想說她眼見我們助陣，可能會嚴厲地拒絕道「就說這是卡蜜拉的問題了」……但她不再像以前那樣自命不凡了。反正啊，自從她向阿加雷斯求援的那個時間點開始，狀況就不一樣了吧。

絲格維拉站起身離開長椅，面露肅然的精悍神情詢問眾人：

「任務將會在吸血鬼的活動時間，也就是夜裡展開——還有，兵藤一誠。」

「是！」

「——這個村鎮裡還有沒有別間玩具店呢？」

……看來大公家的下任宗主大人，想要盡情地享受她那極其短暫的假期。

我跟愛西亞回到奶奶家之後，就背著家人準備好要在夜裡溜出門。

我迂迴地向爸爸詢問這一帶的情形：

「對了，爸爸。這附近……呃，有沒有感覺會鬧鬼的地點啊？」

我認為吸血鬼要找地方藏身的話，多半會選擇閒置的住宅或是建築物躲吧。他們在白天應該很難行動。雖然像加斯帕那樣能夠在陽光下活動的晝行者另當別論，但從話中聽來，對方似乎屬於在白天不太能四處走動的類型。就連愛爾梅希爾德待在太陽底下時也是把兜帽壓得低低的，身上還穿著不會露出肌膚的厚重衣服。

既然這樣，那個吸血鬼就一定存在著潛伏的地點。而那地方多半是人跡罕至的昏暗處所吧。

爸爸搔著臉頰，這麼對我說道：

「對了，你在八九歲的時候，我跟爺爺不是曾一起帶你去過城鎮外圍的那座森林嗎？就是聚集很多鍬形蟲的那片森林啊。那裡有一幢沒人居住的洋樓對吧？當時我才一說要不要進去試個膽，你就哭著說『不要，我們回去啦！』不是嗎？」

啊～這麼說來，的確是發生過那件事，而那座森林內也有一棟洋樓沒錯……它就藏在靜謐的森林深處呢。

根據爸爸所說，那似乎是在明治或大正年代之際，由某支華族所建造的別墅。雖然不清楚它是被華族的成員賣掉，還是家族中沒留下任何繼承人的緣故，聽說那棟房子從爸爸小時候就已經閒置到現在了……

得到那項情報的我，就趕忙聯絡絲格維拉。她沒多久就回應「位於該處的可能性說不定相當高」，於是我們五人就決定在今晚前往那個似乎是華族別墅的地方進行調查。

到了深夜時分，我跟愛西亞確定家人全都靜靜地進入夢鄉以後，就躡手躡腳地悄悄溜出家門。

我乘坐著使魔龍帝丸，前往要與絲格維拉他們會合的場所——城鎮外圍的縣道旁邊。這傢伙也意外地正在成長，牠已經長大到即使背上載了好幾個人，也能夠輕盈地在空中飛翔的程度了。

我們在夜裡瀰漫起霧氣的鄉間小徑上——與絲格維拉一行人成功會合。

「……那麼，我們就動身前往那座森林吧。」

絲格維拉指派我擔任嚮導，我便帶領著眾人進入森林內。這地方與其說是片森林，倒不如說是一座有坡度的小山丘才對，而洋樓就位在那片山林之中。

就在我們往山上爬的時候，愛爾梅希爾德忽然對我開口。或許是由於已經入夜的緣故，她摘掉了兜帽。

「我有些事情想問你。」

「……什麼事啊？」

「……請問那件事情發生以來，加斯帕．弗拉迪的狀況如何？」

「他過得很好喔。他說希望自己能喚醒瓦雷莉，所以拚命地鍛鍊著自己呢。」

這傢伙對加斯帕身為混種吸血鬼的事情很不以為然。也是啦，因為純血的吸血鬼就是會瞧不起族類以外的其餘存在嘛，她應該也不是特別要針對加斯帕才是……

即使如此，我的學弟還是為了喚醒他重要的人，而正在持續磨練著自己。他那份堅強精神帶來的強烈決心絕不容小覷。

「麻煩妳別再輕視那傢伙了喔。」

我回過身去，認真地對她那麼說。而愛爾梅希爾德——意外地不加反駁，也沒有顯露不

悅的態度，就只是將視線挪回道路前方。

「……我只是問問而已。」

她說完這句話，就邁步超越了我。

「……總覺得她沒那麼從容了耶，當初見到她的時候明明還要更……」

我因為愛爾梅希爾德的反應而感到疑惑。

她本來明明是態度那麼強硬的女孩，現在卻讓人不那麼覺得了。

絲格維拉忽然用愛爾梅希爾德聽不到的聲音對我開口：

「她如今似乎是以卡蜜拉派特務的身分，四處討伐趁著這場混亂行動的反叛者。之所以會孤身來到此地，是因為國家尚在復興中，人員不足的緣故。」

所以她身邊才沒跟著那些我以前曾見過的隨從啊。故鄉發生了那樣的事情，人手自然會不夠嘛。也就是說，她現在是為了國家而竭盡全力奮鬥著啊。

「不過，卡蜜拉派的人為什麼會向阿加雷斯家求援呢？是因為你們之間從以前開始就有深交了嗎？」

我開口道出心中忽然湧上的疑問，因為我很在意絲格維拉和愛爾梅希爾德之間的關係。

她們這個組合與其說十分稀奇，不如該說是場令人無以預測的邂逅才對。

「阿加雷斯從往昔至今，都是傳聞能『帶回逃亡者』的惡魔。直到今日仍有魔法師以及其他勢力的人仰賴那個傳說，召喚阿加雷斯的家族成員予以協助。」

絲格維拉這麼答道。

啊～～那就類似上級惡魔從古時候流傳至今的特色或特性吧？能夠「帶回逃亡者」這個特性也很稀奇呢。

「所以說，那個傳說是真的嗎？」

我又問了她一次，絲格維拉就點個頭回答：

「據傳初代阿加雷斯的確擁有那樣的能力。不管怎麼說，聽說那位大人物連時間這種東西，都能夠以魔力操控到一定的程度。現在我們要找人，都是靠著利用大公地位得到的情報網提供來的線索呢。」

初代——亦即那位留名於惡魔相關文獻上的人物。意思是他所擁有那項特性的謠言，也流傳涵蓋於後世子孫身上了吧。

「絲格維拉也能夠操控時間嗎？」

「大致上來說，『時間』就是阿加雷斯家原本的特色、特性喔。那股力量由家族成員代代承繼下去，雖然我擁有的能力有其限制，不過同樣也身具跟時間有關的魔力。」

……那說不定是我曾在蒼那前會長跟絲格維拉的排名遊戲紀錄影像中所見過的東西……

但由於那並不是什麼大規模的現象，我也只留下模模糊糊的記憶而已。因為比起那場賽事，亞歷維恩跟匙的那場龍族對決更具強大震撼力，令人印象深刻。不然等我回到兵藤家之後，再觀看一次那部分的紀錄影片確認看看好了。

——就這樣，雖然有些離題，不過，簡而言之，阿加雷斯家跟卡蜜拉派在情報這一點上是有所關聯的吧。

雖然我們從入山處又往前走了十幾分鐘……但我心中卻不由得湧現一股不對勁的感覺。霧氣明明變得更濃，我們卻還完全看不到目標的那棟洋房。

以前小時候在白天來這個地方，不用二十分鐘就到了耶。雖然我們如今行走於黑暗中，但我可是個惡魔，夜間視力非常優秀。就算能在周圍籠罩著霧氣的情況下，掌握區區一棟洋房的所在之處也不是什麼奇怪的事。

而且這陣霧氣……有一種獨特的陰濕氣息跟令人不舒服的寒氣，這東西多半屬於某種結界才對。假如對方是非人者的話，以霧為結界就是他們常用的手段了。

絲格維拉停下腳步，望向前方開口：

「……原來如此，對方應該是在觀望情勢。可能計劃要暫且用濃霧妨礙我們的行動，然後再於藏身之處設下陷阱之類的機關吧。」

絲格維拉沉吟著點點頭，如此自言自語。

「……對方不是要趁霧氣瀰漫的時候逃跑嗎？」

我這麼問了亞歷維恩：

「不，這一帶早已受到絲格維拉大人的結界所覆蓋。對方也是知曉這一點，才會張設這座結界的吧。也就是說，敵人在我等的結界之內也建立了自己的結界。」

什麼！絲格維拉竟然已經在這一帶架設好結界了！她辦事還真周到啊……她多半是為了「不讓對方逃跑」，以及「即使在這裡大鬧也不會被外界發現」這兩個原因才這麼做的吧。

「不過，真虧妳能趕在對方逃亡之前就設好結界了呢？」

愛西亞如此詢問絲格維拉。於是——絲格維拉的腳旁出現了一道小小的影子。仔細一看——那竟是一架彈鋼的模型！而且它看來還擁有自己的意志，能夠任意行動！

絲格維拉拿起那架模型，自傲地對我們說道：

「就是這些孩子們支援著我的結界。它們雖然只靠最小限度的魔力在移動，但多虧它們微小的身型，容易在不被敵人發現的狀況下入侵敵陣深處喔。我這次就是把這些孩子們配置在以洋樓為中心，半徑長達數百公尺的範圍內，充當發動結界的裝置。」

真的假的啊！她居然用藉由魔力驅動的彈鋼模型當成發動結界的裝置……！

亞歷維恩為我們補充說明：

「順便一提，在結界內部——也就是我們身處的這個範圍中，時間流逝的速度已經和外界產生了差異。請把在此處度過的一個小時看作外面經過的幾分鐘就好。這正是絲格維拉大人稍早所言，她身擁的那股有限『時間』魔力的運用方法。」

……也就是說她能營造出一塊個人的領域，然後在一定程度內操縱該處時間的意思吧？哦～這能力雖應不具直接性的攻擊力，卻能依使用方式而定，讓事情運行得更便利吧。

那也就是說她在這座森林的各個地方配備了塑膠模型，藉以維持這個結界吧。這還真不錯耶！我也想用魔力驅動模型啦！

我在不知不覺中盯著模型，眼神發亮。絲格維拉的眼鏡閃過一道光芒，對我開口：

「之後來教你怎麼做吧？」

「可以嗎！」

「當然呀，我怎麼能讓同好之士失望呢？」

她看起來超高興的耶！糟啦！我不斷掉入這個人的圈套中了！感覺我將來有一天會落入絲格維拉的機甲狂同好會啊！

絲格維拉欣賞著她手中的模型，對亞歷維恩開口：

「好啦，儘管在深夜時分探索瀰漫霧氣的森林很不錯，但若找不到目的地就實在太不像樣了——亞歷維恩，請你開路吧。」

「是的，遵從您的吩咐——」

亞歷維恩低下頭之後，身後就產生了極為龐大的氣場！那股靈氣改變形體，化身為龍的模樣！而那頭以靈氣構成的龍大大張開嘴，就立刻從口中吐出威力強大的魔力彈！

亞歷維恩所塑造出那龍形氣場噴發的魔力，氣勢驚人地朝著前方飛去，所到之處瞬間驅除了現場的濃霧！

在霧氣被撥散的前方，已能清楚看到我們至今無法得見的洋樓！原來吸血鬼就是這樣用霧來掩蓋藏身之處的啊……

我們一行人朝著那棟洋樓再度邁開步伐。過了沒多久，我們就抵達那間洋樓的門前。房子的鐵欄杆早就東缺西漏，失去柵欄該有的功能。鐵製門扉也掉落了一半，人人都能任意入侵庭園。這地方的模樣，看起來跟我小時候來這裡時所見的景物沒什麼分別呢。

庭園裡的草木同樣肆意生長，而鋪修到正門前的那條道路則是四處崩裂。

站在洋樓前方的絲格維拉用手一撥她長長的金髮，接著強而有力地開口：

「叛離家主，為了自己的慾望生存的不法之徒，其罪該當萬死。我要以大公阿加雷斯家之名制裁你！現出身形吧！」

喔～～宣稱討伐「離群者」始祖的阿加雷斯家成員，述說的開場白果然不一樣呢！話語中蘊含著氣勢啊！

——這時，我忽然竄過一陣不快的寒顫，感應到一道來自近處的殺氣！

我察覺到那陣險惡的氣息，便往它的來處望去！建築物的陰暗處有某個東西閃現出光芒！敵方釋出的殺意——目標是愛爾梅希爾德！

「危險！」

我奔向愛爾梅希爾德的身邊，迅速抱住她。然後從背上生出一對龍翼，往空中飛去！

剎那之間，一道光柱伴隨著傳遍周遭一帶的爆炸聲響，迸現於愛爾梅希爾德剛剛的所在之處！

……那是類似光力的東西嗎？我覺得天界使用的技術之中好像有那種東西！而且那道光柱呈現十字形，我認為自己的直覺猜中了。

我把愛爾梅希爾德送回地面之後，就轉頭望向敵意傳來的方向。

「——真虧你能察覺到剛剛那一招呢。」

隨著這句話，從黑暗中悄然無聲現出形影的人——是一名披著斗篷的黑髮女性，她的虹彩猶如鮮血一般赤紅。這位女性多半就是那個兼「離群者」跟吸血鬼兩種身分的對手吧……總覺得，她雖然是個讓人同時感受到奇異與妖豔氣質的魅惑大姊姊，但這也是她身為吸血鬼的其中一項能力吧！

而且最重要的是，從她的靈氣質量來看……給人一種實力凌駕於中級惡魔以上的感覺。這一帶似乎還有其他陷阱，我可不能大意啊。

我瞬間提升氣燄，換上赤龍帝的鎧甲。

「愛西亞，後援就麻煩妳了！」

「好！」

我把愛西亞分配到後衛的位置，自己則站上前線。

那名女性吸血鬼露出無畏的笑容，開口說道：

「我只不過把從教會追兵手上搶來的驅魔道具做了個改良而已……」

女子發出呵呵呵的嘲笑聲，愛爾梅希爾德也恨恨地瞪著那個女人。

這樣啊，原來那道光芒是從驅魔師的道具改製而來的武器！如果惡魔或吸血鬼被那東西打中的話就慘了呢。

那名女子的斗篷隨風飄盪，她大幅張開雙手說道：

「我的眾多眷屬們全都裝備了那種武器，配置在這座洋樓的周圍。所以一被他們逮到破綻的話，就會給你砰轟一下喔。」

她是趁我們迷失在霧裡的那段時間內，設下了陷阱嗎？又或者是自從她來這裡棲身的時候就設置好了呢？算了，不管怎樣都不重要。不過，她的眷屬啊……意思是已經出現犧牲者了嗎！居然在我的第二故鄉幹出這種事情，不可原諒！

儘管我燃起熊熊怒火，卻目睹到那名女性的周圍——出現了許多像是小小人影（？）一

般的東西。

我定睛一看——那些都是彈鋼的模型啊——！騙人？為什麼這種地方會出現一大堆彈鋼的模型啦！塑膠模型居然紛紛架好武器，組成隊伍出現在洋樓的各個地方！

絲格維拉眼見那幕景象，就像確定了某件事情一般放聲大叫：

「難道妳——！是那麼一回事對吧？」

到底是怎麼一回事啦！我根本就不明白啊！她既是「離群惡魔」，也是吸血鬼一族的反叛者……不過彈鋼的模型？發生了什麼事啊？總之，我是明白她跟絲格維拉相同，都是靠著異能來操縱塑膠模型的這一點啦！

「呵呵呵，剛才的光柱就是從這些孩子的武器裡頭放出來的。它們是我自己設計的改造企畫實行的成果喔！」

——那名女吸血鬼語帶自豪地這麼說。

我試著仔細凝神觀察，就發現彈鋼模型手上的步槍流瀉出光芒！……難、難道說，光柱是從那些步槍內射出來的？驅魔師的武器……被轉用來改造塑膠模型了嗎！那是什麼鬼啊！

女性吸血鬼從懷中取出一架彈鋼模型，而絲格維拉一看到她手上的東西就悔恨地開口：

「……那、那是我為了進行偵查而放進森林裡的原創傀儡裝甲『至高彈鋼Evil Plan試作四號機』！是妳抓走它們的吧！」

那名女性吸血鬼望著手上那隻至高彈鋼……之類的東西，露出憤恨的眼神。附帶一提，「傀儡裝甲」是在彈鋼這部作品中出現的機體名稱！

「……這東西是妳做的沒錯吧？雖然看來能以魔力驅動……但妳還真敢把這麼醜的東西派出來偵察呢。」

……根本感覺不出她對絲格維拉派出彈鋼模型查探敵情這件事很生氣……！因為這名吸血鬼自己也派出彈鋼模型應戰啊！

女吸血鬼一臉怒容地清楚闡明：

「妳竟在新宇宙曆的彈鋼系列機體模型身上……為什麼，為什麼啊！怎麼會配制上Another彈鋼系列的裝備！這架傀儡機甲是新宇宙曆的彈鋼啊！此外，它手上拿的華麗步槍、滿綴裝飾的盾牌，以及數量多得亂七八糟的翔翼和武裝背包都是屬於Another彈鋼的裝備對吧？我饒不了妳！」

那名女性指向排列在自己身邊的塑膠模型開口：

「簡單而實用的步槍！外觀樸實、深具機能性的盾牌！背上不加裝多餘的東西，武裝背包只留下噴射口跟軍刀座這兩項裝置而已！這才是真正的彈鋼！除了新宇宙曆彈鋼以外的機體，不算是傀儡裝甲！」

絲格維拉聽到她這麼說，登時反駁道：

「妳啊……是新宇宙曆彈鋼的同志吧？不過我感覺到妳的雙眼中，蘊藏著對Another系列的憎惡之情。世上的確存在著將Another鋼彈視同於弒親仇人的過激派……沒錯，妳就屬於那種人吧？」

「妳如果只是Another派那還好說。然而，融合Another與新宇宙曆系列機體的複合傀儡機甲……只要我的眼睛還是血紅的一天，就絕不原諒那種荒謬的東西存在！」

絲格維拉露出滿盈著哀傷的神情，望向那名震怒的吸血鬼。

「……何等悲哀之人……正因為包含了新宇宙曆以及Another，彈鋼才會成為今天的彈鋼。如果否定任何一個系列，彈鋼這部作品可就無法成立了喔。」

「妳為什麼無法明白──全系列肯定派那種連一點堅持都沒有的品味，會造成製作公司跟年輕用戶的墮落啊！」

「那是妳在自以為是。」

…………………

我、愛西亞、亞歷維恩，以及愛爾梅希爾德四人，只能愕然地看她們進行這場舌戰。

……無、無可救藥啦～～！

……我忍不住當場無力地抱頭倒下……這是怎麼回事啊！站在異種生物最頂峰的惡魔與吸血鬼，偏偏在、在這種鄉下的森林裡爭論彈鋼的話題！

忽然，亞歷維恩從手邊變出一座小型的魔法陣，望著它點頭沉吟。他似乎正在對某樣東西進行分析。

「看來，有好幾名鄉鎮的居民正身處於那棟樓房之中……不過每個人都兩眼無神地默默組裝著塑膠模型呢。」

女吸血鬼聽到他那句話就高聲笑道：

「呵呵呵，在這裡的村鎮居民，正是我為了製作自己眷屬而召集來的精英！他們做好了眷屬就由我來注入生命，然後受我操縱！這才是我在離開祖國以及惡魔之主身邊之前，一直想實現的原本目標啊！」

真的假的！她所謂的眷屬，就是指那些彈鋼的模型對吧！她是為了製作那些東西才特地背叛祖國、成為惡魔，最後操縱那座鄉鎮的居民們，讓他們聚集在這座洋樓嗎？

這也太瞎了吧！她居然只是為了組裝模型，就把鎮民帶到這種森林深處！

亞歷維恩用明白了整件事的語氣，開口說道：

「看來我們在那間模型店的時候，店主說他目睹的新居民應該就是這位吸血鬼小姐吧？而且買的商品還是彈鋼的模型。她之所以會咬鎮民的脖子，並不是為了將他們變成自己的眷屬，而是要讓他們幫自己組裝『眷屬（模型）』……我已經連話也說不出來了。」

我真的太同意亞歷維恩說的話了！因為我的家鄉暴露在鋼彈狂（重度新宇宙曆愛好者）

吸血鬼的威脅之下啊！

那名女性吸血鬼開心地大叫道：

「人類是為了幫我製作眷屬的工作人員——只不過是我的棋子罷了。呵呵呵，我要在各地設立像這座洋樓一樣的眷屬生產工廠，然後在那些地方量產這些孩子們！等我成功量產之後，卡蜜拉派就不足為懼啦！」

我的天啊！她只為了製作自己的模型……不對，是眷屬，就濫用許多人類！而且她那份能夠將驅魔師的道具轉用在模型上的技術意外地並不荒唐，而是個危險的創意！她那樣當然會被國家流放啊！

就在這個時候，愛爾梅希爾德展露一副好像頭上冒出問號的表情。身為純血種吸血鬼千金小姐的她，不可能聽得懂這段彈鋼話題。她一定只把反叛者的理由跟那些模型當成一些莫名其妙的東西吧。

「……彈鋼……它能讓阿加雷斯家的下任宗主情緒如此激昂，也能把一位吸血鬼迷成這副德行……那到底是什麼樣的東西呢？再去一次那間模型店就能明白了嗎？」

「不要啊！妳會被同化喔！」

總之我先制止了愛爾梅希爾德！以事情的發展來看，她接觸到那東西的話就等同於墮入邪道啊！

「我、我回家之後也想看看彈鋼這部作品！」

「我就說愛西亞妳不能也被同化啦！」

可不能連我家的愛西亞都被帶到新宇宙曆的世界去啊！

激動起來的女吸血鬼跟絲格維拉，終於擺出迎戰姿勢了！

「就算在這棟別墅為了塗裝而使用空壓機也不會有人抱怨，明明是個很好的地方！妳若要妨礙我，就把妳們全都收拾掉！」

「我打著大公阿加雷斯家之名，不會允許不法之徒多加放肆！而且非靠自己動手組裝的彈鋼模型，裡面又怎麼可能存在著靈魂呢！」

那些憑藉吸血鬼的特性以及惡魔魔力來驅動的彈鋼模型，轟轟烈烈地在深夜的天空中駁火攻擊——就在這場模型之戰開打之時，傻眼到不行的我也只能出馬剿伐那個吸血鬼。

我們處理完這件工作後，就返回山腳下的縣道……因為我是第一次跟塑膠模型戰鬥，不管怎樣都會留下精神上的疲勞啊……

而那名女性吸血鬼，則被我們的一輪猛攻給輕鬆打倒。在那之後，被她操縱的人們都解除了洗腦狀態回到村鎮。

我們把那名吸血鬼交給愛爾梅希爾德負責處理，她利用惡魔的轉移魔法陣把逮到的對手移送回她的故國。由於她是擁有吸血鬼身分的轉生惡魔，因此將會接受卡蜜拉與冥界兩方的審判。

「……那個人已經被委任給冥界與我國的政府機關負責處置了。」

達成任務的愛爾梅希爾德終於放鬆了下來。

「……她總有一天，一定能夠接納所有系列的鋼彈……」

絲格維拉眺望著天空，淌下代表遺憾的淚水。

……嗯，跟這個人相處，果然會讓我很累……

這時，愛爾梅希爾德忽然開口問我：

「……赤龍帝，你當時為何要救我？」

她是指稍早前我從女吸血鬼眷屬（模型）的武器——光束步槍下救了她的事吧？

「呃，這是我的反射動作啦。還有，在想守護故鄉——重要場所的這份心情面前，不會去分什麼人類、惡魔或是吸血鬼吧？唯有在那個地方，大家不都是同等的嗎？」

「…………」

愛爾梅希爾德並沒有回答我說的這句話，也沒有貶斥我的行為。我覺得她變得比以前更可愛一點了呢。

愛爾梅希爾德再度深深戴上兜帽開口：

「這次真是謝謝你了，日後必定送上謝禮。」

——她這樣向我道謝完，簡短說了一聲「再會」就離開了現場。

「請妳等一下。」

絲格維拉叫住了愛爾梅希爾德。

「妳想不想了解關於彈鋼的事呢？」

絲格維拉說出了這種話！她從手邊取出一個小型魔法陣，變出了某樣東西——那是彈鋼的藍光光碟組啊！絲格維拉親手把它交給了愛爾梅希爾德。

「請妳先從這個開始看。無論如何都得要向上級報告這次的事件對吧？所以，妳必須知道那個人不惜揭起反旗也想得到的東西是什麼。這就是相關資料，終究只是一份資料喔。」

而收下它的愛爾梅希爾德也說著「……原、原來如此，說得也是呢」，一副接受了她說法的模樣！她打算趁著這次事件增加彈鋼迷的數量啊！

望著這幅場景的亞歷維恩說道：

「也是啦，因為愛爾梅希爾德大人跟『D×D』小隊碰面的機會，以後說不定也會增加呢，即使存在這種交流也不錯吧。」

只不過是增加了一個彈鋼迷而已耶……

算、算了，那一塊就交給大公家下任宗主大人處理吧！

就這樣，我們在鄉下小鎮開打的「離群惡魔」討伐戰迎來了結局——

……我跟愛西亞打算在雙親起床前回到房間，而隱滅氣息返回奶奶的家。不過……

「哎呀，是一誠跟愛西亞，你們終於回來啦。」

房子裡頭霍然出現奶奶的身影！

「那、那個，這、這是……！」

「就是那、那個……！」

我跟愛西亞都沒想過事跡會敗露，沒辦法馬上編好理由！真沒想到，奶奶竟然早已掌握我們的行動了！

奶奶朝我們招招手，把我們帶去起居室——桌上擺放了溫熱的餐點等待著我們。那是加了很多蔬菜跟肉的烏龍麵，裡頭還放了應該是過年時剩下的年糕。

「外面很冷吧？來，快吃吧。」

愛西亞跟我都滿懷感激地享用起那碗烏龍麵。應該是因為肚子比想像中還要餓吧，我跟愛西亞兩個人唏哩呼嚕地迅速吃著麵。

奶奶看著我的臉，就對我說：

「……一誠在奶奶沒發現的時候，已經轉變成男人的模樣了呢。」

奶奶粲然一笑。

……奶奶並不知道我真實的身分。不過，她說不定在不知不覺中已經感受到我的成長了。這件事不知為何讓我非常高興，能成功守護這個家園實在是太好了。

——就在我想著這些事情的同時，奶奶把手掩在嘴邊，露出下流的神情開口：

「……畢竟是高中生嘛，一定會忘我地做到早上呀。一誠和愛西亞，你們該做的都已經做過了對吧？」

噗呼~~！這句話讓我不小心把烏龍麵噴了出來！

哇啊啊啊啊！奶奶的誤會也太嚴重了吧！我可沒有跟愛西亞一起滾床單滾到早上好嗎！

真是的，這種好色個性真的是家族裡的遺傳！能誕生在兵藤家實在是太好了……我很希望自己能這麼想！

我在高中二年級的寒假切實地這麼覺得了！

Extra Life.1 十字×危機

位於兵藤家地底下的訓練場之中，散放銀光的武器正在互相衝突。

雙方都揮舞著仿造的長劍，用舞蹈一般的身法持續這場對戰。

朝下揮斬或往上劈砍，偶爾也會同時祭出刺擊。

以毫釐之差避開對手的直擊，猛銳的劍招掠過臉頰旁邊——

雖然這兩人的突刺都被對手避開，她們卻同時露出笑容說道：

「妳真行啊！」

「妳才是呢！」

我——紫藤伊莉娜正在跟我的朋友，也是我以前同事的潔諾薇亞對練劍術。

這並不是我們每天固定的練習，而是突發性的對戰。

不知道為什麼，我這天晚上睡不著，在深夜拖著遲緩的腳步來到這裡——練習室之中。

我在那裡遇上捷足先登的潔諾薇亞，便決定臨時和她打一場。

潔諾薇亞繼續揮著劍，對我說道：

「那個時候我們也像這樣，用模型劍對戰過呢！」

「咦！妳在說什麼時候的事啊？」

就算我來回搜尋腦海裡的記憶，但是說真的，我跟她實在打過太多次像這樣的練習賽了。符合她所言的記憶實在多得過頭，我沒辦法明白她在說什麼。

就在我們劍刃交擊，短兵相接的同時，潔諾薇亞這麼說道：

「我是說我們第一次拔劍相向的時候。」

——！

她的一番話，讓我回想起了那個時候的光景——

†††

時間倒回三年前左右的時光。

那時我十四歲。而那時候的我得到了聖劍的祝福，正式開始以一名聖劍使的身分，靠一把劍從事侍奉天主與教會的工作。

我接受祝福之後，得到的是王者之劍的七分之一個碎片——擬態的聖劍（excalibur mimic）。

因為那是一場十分名譽，極為光榮的選拔，當然不僅是我，包括我的雙親、周圍的人們

也都感到非常開心。

王者之劍共計七把，而當時教會擁有其中的六把。由梵諦岡本部、新教會方面，還有正教會那裡分別各保存兩把劍。

當然，新教會方面只能選出兩名王者之劍的使用者。這麼一想，就覺得我能獲選真是一件承擔不起的事情。

「妳已經成為一位跟父親同樣優秀的聖劍使了呢。」

我也常常聽到別人這麼對我說。

沒錯，我的父親也隸屬於教會旗下。他曾有一陣子擔任聖劍使，為教會出任務。而移居到國外的我或許是受到有這樣背景父親的影響，不斷反覆進行為了當上戰士的嚴苛訓練。

因為這個緣故，我被遴選為戰士的時候整個人受到無上的喜悅包圍。為了進行祝福儀式而將聖劍「因子」灌注進體內的我，將要以操使王者之劍戰士的身分，挺身對抗教會的敵人。

就在我已習慣以戰士之姿執行任務的那個時候，梵諦岡本部傳來了召集的敕命。

我前往本部的其中一間神殿，在那裡邂逅了一場命運的相遇。

我在教會待命之時，一名中老年的男性幹部出現在我身邊，對我說了這些話：

「戰士伊莉娜，本部今天之所以會召喚妳來這個地方不為別的，其實是想誠懇地拜託妳一件事。」

那名男性幹部對著感到疑惑的我，繼續說下去：

「我們想請妳與某位戰士組成搭檔。」

根據每項任務而將不同教派的戰士編組在一起，並不是什麼稀奇的事。雖然通常會把隸屬同一個教派的戰士組成搭檔或小隊，但以許多任務的內容來說，也常會遇上很多超越教派的案件。

對當時的我來說，那是第一項要我與天主教教會戰士編隊的命令。

由於我曾耳聞戰士們之間因為教派的歧異而起衝突的傳言，因此一邊細心地注意著別讓那種事發生，一邊讓對方介紹那名梵諦岡戰士。

而那位男性幹部帶來的人是──一名長髮飄逸的少女。

她應該跟我差不多年紀。不過她的眼神銳利，渾身散發出某種帶刺的氣場。

她足以一眼就讓人看出自己是那種難以相處的類型，擁有一股令其他人難以接近的氣質。

幹部介紹著那位少女，對我這麼說道：

「戰士伊莉娜，這位是和妳一樣年紀輕輕就成為了王者之劍使用者──她是戰士潔諾薇亞。」

——！

我聽了這個名字，立刻明白她的真實身分。

這是因為我曾聽過風聲，知道有一名梵諦岡的戰士跟我一樣在年少時期就當上王者之劍使用者的少女。

根據傳聞所言，她是名擁有「破壞魔」、「斬姬」，甚至是「神恕之暴行」這些稱號的少女戰士。

戰士潔諾薇亞——

對方介紹給我的人，是一名可說是破壞之化身的女孩。

就在我明白她身分的瞬間，全身充盈一股緊張感，這是因為我聽到跟她有關的傳聞全都不太好的關係。比如說跟她組成搭檔會被她砍，或是只不過和她鬥嘴就慘遭轟飛，似乎會和惡魔一起被她清除之類的謠言。

因為我聽到的傳言全屬於那一類，讓我瞬間對眼前的少女湧生一股戰慄。

那位眼神銳利的少女緊盯著我看了一陣之後，就對我開了口。她把手上拿著的某樣東西遞到我面前說——

「妳要吃香蕉嗎？香蕉是個好東西喔，能夠馬上變成能量呢。」

…………

接過香蕉的我整個傻眼。

而那位望著我跟潔諾薇亞的幹部則點點頭說道：

「好，那麼很抱歉，雖然妳們才剛見面，但我想請兩位持劍打一場練習賽。我認為戰士之間要認識彼此，用這個方法比較快。」

在那之後，我跟潔諾薇亞馬上動身前往練習場，使用模型劍比試。

「喝！」

她揮劍筆直朝我殺來。因為她的劍路雖然很大膽，也是掌握我的動作才舞出劍招的。假如一味閃避，就會被她瞬時使出的追擊打倒。

雖然她的戰鬥方式即使到現在也沒什麼改變，但她自從那時揮劍的勁勢就相當豪邁。

就算只吃了她一擊，也會蒙受很嚴重的傷害吧。因為對手即使是跟我差不多年紀的女孩，她所使出的所有攻擊也全都毫不留情。

她祭出的每一招都沒有猶疑，對我的動作及時做出反應的模樣，看得出是她藉由實戰洗練出來的技術。靠著訓練課程進行鍛鍊的我，目前就算經歷過實戰，在戰鬥中所下的判斷仍有很高的比率是照本宣科得來的結論，這樣的我跟她之間存在著本質上的差異。

我勉力挑開她那幾招攻擊，並持續閃避她的劍勢。這時，我瞄準她側腹出現的破綻

——！

「喝啊──！」

橫劈一劍，向她發動攻擊。

然而，就在產生衝擊的那個瞬間，我的模造劍卻被潔諾薇亞用一隻手巧妙地接下了。

她面對武器被抓住的我，送出一記刺擊襲向我的胸口。

「──唔！」

眼見胸口正要被刺中的剎那，我翻身成功避開了那招凌厲的突刺，而她揮空的模型劍隨即被我抓住。

「…………！」

「…………！」

我們分別抓住彼此的劍，維持這個姿勢在極近距離互相瞪視。會是對方先送出足擊，還是自己該起腳踢她？不，還是讓對手吃一記頭槌好了？就在我們雙方正在摸索下一招攻擊的時候，那位在場邊觀戰幹部的聲音響徹了練習場：

「到此為止！」

就在那句話響起的同時，我們都解除了緊張狀態，一起把劍放下。她對著氣喘吁吁的我露出第一個笑容，示意要跟我握手。

「這是我第一次遇到能與我正面拔劍相向的同齡女孩，我很開心喔。」

我至今仍忘不了她那張愉悅的笑臉。可見，她應該非常渴望遇見一位跟自己程度相當的少女吧。

這就是我跟潔諾薇亞初次見面的往事——

†††

「聽清楚了嗎，伊莉娜？遇到聽不懂人話的惡靈就立刻當頭劈下去。」

潔諾薇亞把她的武器「破壞的聖劍（excalibur destruction）」扛在肩膀上這麼說著。

在介紹彼此認識過了幾天之後，我跟她就動身執行組成搭檔後的第一件任務。我們奉命驅除聚集在某座鄉村廢棄房屋中的大量惡靈，必須將它們祓除。

雖然那些惡靈強大到讓一般驅魔師沒辦法全部剷除的程度，但如今畢竟是由兩名手持傳說聖劍的戰士負責處理，這就不一樣了。

我跟潔諾薇亞搭檔以後，立刻了解到氣質冷徹、對魔物與惡靈知識很豐富的她，戰鬥風格卻屬於大膽豪邁的類型吧。

她所施展的攻擊，毫不保留破壞的聖劍所擁有的威力。

由於我在跟她見面之前，聽到的盡是一些可怕的傳聞，因此擅自把她想像成一個體格粗獷的女孩子。結果她居然是一名外貌跟我差異不大的少女……

而且她還長得很可愛。她那張端正的臉龐，要同年紀的男生不注意到都難。而她所散發出的那股教人難以親近的氣質，在同性之間似乎也很受歡迎。

「………」

潔諾薇亞用布條捆好聖劍之後，就默默地撥弄起她的長髮。

「怎麼了嗎？」

我對她的行為感到疑惑，試著一問之下——

「頭髮很礙事。」

她語氣生硬地這麼回答我。她應該是表示那頭長髮在戰鬥中會造成妨礙的意思吧。

在戰場上打前鋒的女性戰士們，確實有很多人留著短髮的造型。這多半是因為頭髮一長就會萌生很多缺點，像是在打鬥中遭到敵人揪住，或是成為對手施展咒術的對象。

「這樣的話，綁起來不就好了？我也是這麼做的啊。」

我的頭髮跟她一樣都很長。雖然我住在日本的時候最喜歡在外頭跟男生一起玩，因此留著短髮。不過自從我的女性特徵開始發育以後，就改為留起長頭髮了。

現在我的頭髮是紮著雙馬尾來調整的。

潔諾薇亞望向我的髮型之後，就嘆了口氣說：

「……如果我像妳一樣很會綁頭髮的話那還好說，但我不太擅長這種事。我一定會把兩邊的髮束綁得很不平均的吧。」

既然這樣，那妳單綁一根馬尾不就好了？

——雖然我想對她這麼說，不過跟她相處的時間不算長。我還不知道哪些地方是會讓她不開心的地雷，因此對自己想追加的建議留心了些。

當時對我來說，這套清晰顯現身體線條的戰鬥服比較容易讓我在意。不管這身裝備在戰鬥中有多方便行動，我就是對這種把身體包緊緊的東西感到抗拒。

因為嘛，我當時還是個國中生啊。這身顯露身體發育曲線的打扮，會讓我覺得很不好意思。不過跟我同齡的她別說對那類事情不為所動了，我看她根本毫不在意這件事吧……

她用力地伸個懶腰，那姿勢就像是對天庭奉上祈禱一般。

「看來任務平安結束了呢。伊莉娜，要不要去吃點什麼東西？」

「好、好啊。」

我跟她出的第一次任務，就在這段應答之間結束了。

雖然我們回到本部之後，就立刻向上級報告任務的內容。不過幹部在意的並非驅除惡靈這件事，他關心的是我跟潔諾薇亞所組的搭檔。

「……那麼，戰士伊莉娜。和潔諾薇亞一同執行任務……妳覺得如何呢？」

他那副興味盎然詢問我的模樣，即使相隔數年，如今仍讓我記憶猶新。

「沒、沒有，我沒什麼特別的想法……只覺得她的戰鬥方式好豪邁啊～這樣。」

那名幹部聽到我這麼說的那一刻，一時露出目瞪口呆的表情。然後他便清清喉嚨說道：

「戰士伊莉娜。如果妳今後也能跟她建立更緊密的關係，就算是幫了教會一個大忙。」

我那個時候，並沒有特別想到他那句話能夠左右今後的日子——不，甚至還主宰了我的生涯。

就在我返回自己隸屬的新教會本部時，向我的上級——凱薩‧維里亞茲先生（他是目前擔任四大熾天使之中烏列爾大人「J(JACK)」的男性戰士）報告完諸項事情之後，他這麼回答我：

「梵諦岡那邊似乎很高興。據說他們目前呈現出『居然存在能跟那名斬姬順利執行任務的戰士』這樣的狀況呢。」

對本部的戰士及幹部而言，潔諾薇亞似乎是一個非常難處理，且不好對付的人才。一旦把她編篡進搭檔或隊伍中，就會有很高的機率跟其他特務起衝突，讓人家對她的印象變得很糟。由於她秉持著自己的戰鬥手段，聽說這一點對大多數戰士來說造成了妨礙。

她那種豪邁大膽的攻擊方法，恐怕——不，絕對是她受人嫌惡的主因吧。我則是使用擬態聖劍，趁隙援護她或是躲開前衛的攻勢來進行攻擊。

這把能隨著持有者的意思變化刀身的擬態聖劍，其所特有的戰鬥方式在當時那件任務中奏效了。

不過，潔諾薇亞是名年紀輕輕就被選拔為聖劍使的優秀人才。對教會來說，不出動這名少女的話就太浪費了。據說就在那個時候，成為聖劍使，跟她同年紀的我便雀屏中選當上了她的夥伴。

我的上司凱薩．維里亞茲先生說道：

「若是讓她單獨出任務的話，應該不會有問題。不過，戰士這門職業不能夠這樣，總有一天會發生非得編進隊伍或是組成搭檔的狀況。而到了必須把難以應付的問題兒童安插進隊伍，或是幫她找個搭檔的那時候，要怎麼辦呢？這時候就會需要一個負責救援的角色了吧？這多半就是伊莉娜妳獲選的理由了。」

沒錯，我就是被選來負責救援她的人。教會本部應該是著眼於未來，才會想讓潔諾薇亞跟我結成搭檔，先讓她習慣跟別人合作、組隊的任務吧。

這到底該視為一種榮耀，抑或當成麻煩事來看待才對呢……

大概兩者皆是吧。

對教徒來說，能為主戰鬥是無上的喜悅。然而，被任命當她的戰友——讓我產生了一種難以言喻的感覺。

†††

從那之後又過了好幾個月——

我剛好結束了一項跟潔諾薇亞一起出的任務。

剿滅逃往鄰國的「離群惡魔」之後，我們便在位於市區內的旅館歇息一會兒。

潔諾薇亞再度一臉煩厭地玩弄著她的長髮。

「妳到底為什麼要把頭髮留長啊？明明那麼礙事的說。」

我這麼對她說完——

「嗯，這是因為我的同鄉告訴我『妳必須有點女人味才行』，我才會試著留長頭髮。」

她就嘆著氣，這麼回答我。

而她口中的同鄉，也就是我後來認識的葛莉賽達修女。雖然那位修女從這時候開始就不斷嚴格教育潔諾薇亞……但她本人則是一直閃避修女的訓誡。

「……不過我是認為即使留短髮，也可以有女人味就是了……」

憑她的長相，不管頭髮是長還是短應該都會很相襯吧。

潔諾薇亞從懷中取出一把已被用舊的梳子，它的配色以年輕女孩所擁有的梳子來說相當

樸素。她望著那把梳子，開口說道：

「嗯，畢竟我所過的生活離『打扮』這種事情實在太遙遠了。我只要能替主戰鬥，這樣就滿足了。」

「雖然我也是這麼想，但妳畢竟是個女孩子，必須稍微裝扮一下啊。」

「在出任務時會有需要嗎？」

我們都生為女性，將來一定會遇到必須利用身為「女人」的這一點，像是進行臥底調查的時候吧？畢竟有些事情當然只有女性才辦得到。

「身為女性，偶爾也會碰上得要打扮的時候啊。除此之外，妳在私下需要打扮時又打算怎麼辦呢？」

她聽到我這麼問，再度歪起了頭。

「……打扮嗎？這還真複雜呢。」

看來以她的價值觀來說，「打扮」似乎是件跟她沒什麼緣分的事情。

不過，我覺得她長得實在很可愛，所以不稍加打扮一下的話就真的太浪費了。

就算至今已經過了好幾年，我那個念頭卻始終沒有改變。事實上，這是因為升上高中的她，外貌已成長得十分美麗了。

由於任務已經告終，我們便去淋浴一下把汗水沖掉。就在兩人正要直接上床睡覺的同時，出任務用的行動電話忽然響了起來。

那是上司打來的電話。

「您好，我是伊莉娜。」

一接起了電話，一道迫切的聲音就衝進我的耳朵：

『雖然妳們才剛執行完任務，很不好意思。但有件事情非得要拜託妳們才行。』

他要委託我們的事情，就是突然指派下來的新任務。在外地出任務時被任命新的案件這種事，絕不是什麼稀奇的例子。

『前陣子，位於我等轄區內的I國T市城鎮內，發生了居民被吸血鬼化為不死者，四處作亂的事件……』

吸血鬼——那是與我們教會人員為敵的其中一個陣營。

他們雖然跟惡魔一樣同屬支配闇夜的異種族，卻與藉由契約換取等價報酬的惡魔不同，吸血鬼經常會單方面地剝削人類以得到目標物。不，應該要說他們幾乎都是襲擊人類，將他們當成糧食才對吧。

往昔甚至曾有過吸血鬼將霸權拓展到歐洲某國中樞的紀錄。

儘管他們平常住在遠離人居的領土內，過著擁有獨特文化的生活，但也會有些偶爾進出人類領域的吸血鬼，這次的案例也屬於這一種吧。

而且還出現了不死族。抵抗力較弱的人類們一旦被吸血鬼吸了血以後，幾乎都會變成活屍——也就是不死族。

不死族會襲擊、啃噬活人，而遭到它們侵襲的人類又會被變成不死族，開始四處徘徊。如果該地區是個人來人往的地方，不死族蔓延的速度就會大幅提升。

……他說居民四處作亂……到底有多少人類被變成活屍了啊……

要驅除化為不死者的人類，就只能派出驅魔師，或是消滅身為根源的吸血鬼了。

『被派遣到當地處理這樁案件的特務已經有三人殉職。』

——！

這讓我更加說不出話來。既然隸屬教會的特務被打倒了三位，這就表示對手是上級吸血鬼，我想多半是純血種吧。

吸血鬼即使在異種之中，也是地位居上的存在。而對方若是純血種的話……就會是個相當難以對付的對手吧。

『距離那座城市最近的特務之中，只有妳們兩個是A級以上的戰士，能不能接下這項任務呢？目標由於受到教會的刺激，已經進入攻擊狀態了……現場多半擠滿了被化為不死者的鎮民吧。』

…………

我閉上眼睛，片刻之後便回答道「好的」。

潔諾薇亞看了我的樣子或許就明白了吧，她已經開始收拾行李了。

「伊莉娜，任務的內容是？」

「潔諾薇亞，那個——」

我向她道出這項新湧入的重大案件。

「那我們就上吧。在災情擴散之前，盡早打倒那名吸血鬼比較好。」

她立刻承接了任務，我也同樣點點頭。

「潔諾薇亞跟我都對這項命令沒有異議。那麼，敵方的吸血鬼是怎麼樣的對手呢？」

我向上司這麼一問，對方的語調就變得更加嚴峻，對我繼續說下去：

『——對方似乎是列席梅斯特家族的吸血鬼。根據調查顯示，梅斯特家流放的吸血鬼輾轉到達了那個鄉鎮。』

梅斯特家族——

我曾聽過這個名字。我記得他們應該是屬於吸血鬼兩大派閥其中之一的「采佩什派」。

我們要討伐的對象，果然是位居上級的純血吸血鬼。

這是我在成為王者之劍的劍使之後，承接的第一項重大任務……對當時的我們來說，則是組成搭檔以來的首次S級任務。

——對年值十四歲的少女戰士而言，這工作應該算辛苦吧？

不，既然獲命擔任王者之劍的劍使，這就是我必須執行的任務。雖然年紀尚輕，我跟潔諾薇亞卻都絲毫沒有拒絕的意思。

整裝完畢之後，我們就離開了旅館。

我們到訪的地方，是某個國家境內的一座鄉鎮。它位居於遠離熱鬧都市區的地點，是處四處遍布小麥田的靜謐之地。

雖然鎮民看來已在教會的安排下成功避難，但聽說似乎仍有許多人慘遭犧牲。

我們在踏入那座鄉鎮沒多久後——

我全身上下都感覺到一種令人厭惡的視線，而且鄉鎮還被濃霧包圍，讓我們身處在伸手看不清五指的狀況。昏暗的鎮內轉變得極為不自然。

……我有上過藉由氣息探測周遭的修行課程，累積了讓我即使在黑暗之中也能適度行動的訓練成果。一般來說，我就算身處濃霧中也能毫無困難地行動才對。

可是，這次的案例不一樣……濃霧中混雜著獨特的濕氣，讓我的知覺變得遲鈍。這陣霧恐怕是吸血鬼產生出來的吧，因為吸血鬼很擅長操縱霧氣。這東西對他們而言可說是某種結界，也成為了他們探測敵人的能力。

也就是說，在我們踏進這裡的瞬間，行蹤就等於已經在對手面前曝光，我們已沒有躲藏的必要了。

而這陣霧氣應該也可以遮蔽住他們吸血鬼的弱點——陽光才對。雖然現在是傍晚時分，但這片濃霧卻讓陽光沒辦法好好照進鎮裡。

儘管我用長袍摀著鼻子，仍是與潔諾薇亞一同前進。

若要再進一步描述……這裡的屍臭味很重。周圍瀰漫著刺鼻的腥臭及腐爛般的味道。

……身邊的潔諾薇亞身處這股腐臭之中，似乎也和平時一樣，她甚至連鼻子都沒掩住。

她大概是習慣了屍臭的味道吧。光是這一點，就能看出她曾經走過某種慘烈的戰場。

而那樣的潔諾薇亞目不轉睛地盯著濃霧前方，瞇起眼睛說道：

「……來了喔。」

她話音剛落，就拆開聖劍上的布，將劍身展露出來。

啊——啊啊——啊啊——……

耳中響起一股低沉的詭異聲音，然後濃霧的另一頭就陸續響起呻吟。

從霧氣中現出身形的——是面目全非的鎮民們。這些屍體即使全身流出血水、肢體殘破，綻裂的腹部流出臟器，仍然會舉步邁向生者。

它們已經卸下人類這個身分了。腦海中只留下「吃活人的肉」這個念頭，為了滿足強烈

的飢渴慾望而四處徘徊。

潔諾薇亞面對走向自己的不死者，毫不猶豫就用王者之劍把對手劈成兩段。

被她攔腰斬斷的鎮民立刻化為灰燼、失去蹤影。聖劍蘊含的神聖之力，能在闇屬性種族的身上發揮絕大的效果。特別是王者之劍的一擊，對他們來說應該是必殺絕招吧。

眼見襲向自己的屍首，我緊張地嚥了一口唾液說道：

「……不砍不行，對吧？」

……儘管手中握著王者之劍，我仍然心生猶豫。

我之所以會有這個反應，只為了一個理由。即使我在這個年紀已經出過相當數量的任務，卻還不曾對人類——抑或是不死者拔劍相向。

如果要說危害人類的「離群惡魔」、魔物以及惡靈的話，這些東西我曾斬殺過許多次。

不過，人類或是曾經為人的物種，我就……一次都沒砍過。

「妳沒有砍過人嗎？」

潔諾薇亞看了我的模樣，於是那麼詢問我。聽了她那句話，讓我明白到她在這個年紀就已斬殺過人的事實。

「…………」

我沒有殺過人……身為一名戰士，當然總會有遇到這種場面的一天。既然被授命擔任戰士，自然得擁有這般覺悟。

雖然這是理所當然的事……但那時候的我對於斬人這一點，仍然懷抱著強烈的猶豫以及恐懼。

我握著聖劍的手在顫抖，刀鋒也在搖晃。

潔諾薇亞斜眼瞄著這一幕，她將聖劍劈向面目全非的居民們之後，拔腿衝了出去。

「這樣啊。那麼妳就負責輔助我——砍人的工作由我來做吧！」

她沒有一絲猶豫，砍殺著化為不死者的眾人。

被聖劍砍中的不死者們瞬時灰飛煙滅。

……而我只能夠起腳踢飛或是撞開那些居民而已。

——真是沒出息。

我對自己所做的覺悟居然這麼渺小的事實感到震驚。我明明打算將自身全部的一切都奉獻給主，卻沒有徹底成為一名戰士。

跟那樣的我比起來，在我身邊勇敢應戰的同齡女孩……完全是上帝之劍。那才是教會戰士本來該具備的模樣吧。

然後，我也同時感覺到恐懼——這是對潔諾薇亞產生的情緒。

跟我同齡的她，毫無猶豫地斬殺著這些曾為人類的物體——讓當時的我覺得她就像是異

種生物一般。

我們一路擊退化為不死者的居民，奔出重圍，朝著事前接獲報告的鎮公所前進。

由教會偵察班傳來的情報顯示，他們掌握到鎮公所之中傳來一股更加龐大的負面力量。

我們要找的吸血鬼十之八九位於鎮公所的建築物內吧。

「滾開！」

圍繞鎮公所聚集的不死者被潔諾薇亞轟飛，開出一條路來。

我們狠狠撞破鎮公所的玻璃窗，猛力飛躍進室內，然後立刻用館內的桌椅等家具封鎖住窗戶。

這是為了不讓礙事的不死者進到屋內。

封住窗戶之後，我們就往鎮公所的內部走去。

……就算按下開關燈也完全不會亮，電源應該被切斷了吧。

就在我們爬上二樓的時候——

建物內突然響遍一道聲音：

『哦，是教會的走狗們啊？……看來還耍小聰明帶了聖劍來呢。不過，把這樣的小孩送進來真是……』

……那道聲音響起的同時，我也感受到一股負面的力量。全身的毛孔張開，爆出冷汗。

這是因為我們光憑氣息就明白到對手有多麼高強。

「你把我們當成小孩給看扁，可能會嘗到苦頭喔。」

我使盡全力，朝向天花板逞強地這麼大喊。

「你就乖乖地接受我們的制裁吧，吸血鬼。」

我身旁的潔諾薇亞則是一臉若無其事。她並沒有像我一樣刻意逞強，而是自然地吐露出那種強勢的話語。

就在這個時候，傳來了一陣嘲笑：

『咯咯咯……遭到國家流放後，居然在人類世界被這樣的孩子們用聖劍指著啊……』

霧氣在我們前方聚集起來，逐步變化成人形的輪廓，最後終於顯現出一名男性的身姿。

眼前出現了一名身著類似中世紀貴族服裝的男性，還穿著一件斗篷。

他的相貌端正。不，他的模樣實在是太過美麗，五官簡直就像雕琢出的人偶。

從他身上感受不到一絲生氣，臉也蒼白得像是個死人，全身纏附著令人厭惡的負面能量。

他深紅色的雙眸鎖定了我們的身影。

『是教會的兩隻母狗啊，還是處女對吧？那就用閨女的血肉來點綴今夜的晚餐吧。』

吸血鬼在嘴角勾起一副醜惡的笑容後，就把身體的一部分變成巨大的蜘蛛，扔向我們！

雖然我跟潔諾薇亞架起聖劍，擺出準備迎擊那東西的動作，不過就在揮下聖劍的同時，蜘蛛卻朝我們吐出黑色的蛛絲！

我們往後方飛躍，成功避開蛛絲。可是，我被散落在走廊上的器材絆住了腳，失去平衡跪倒在地。

蛛絲往鎮公所的走廊灑落。即使閃過它的直擊，走廊的地板碰到絲線也發出嗤嗤聲響遭到融解。能夠融解目標的蛛絲——

……被這招擊中的話就糟糕了，碰上蛛絲的部分應該會被融解得無影無蹤吧。

『哼哈哈哈哈！小女孩們！盡力取悅我吧！』

吸血鬼留下這句話，就消失在走廊的深處。

「妳還好嗎？」

雖然潔諾薇亞朝跪落地面的我伸出手——

「——！」

我卻避開了她探向我的手，大概是因為方才對她感受到的那份恐懼使然吧。

潔諾薇亞眼見我這番反應，就覺察到某件事情，縮回她對我伸出的手。

我默默無言地站起身。雖然跟她之間出現了轉瞬尷尬的氣氛，但我們可沒那種閒工夫。

我跟潔諾薇亞馬上奔離現場，動身追趕逃跑的吸血鬼。

「等等！」

我與潔諾薇亞將黑蜘蛛劈成兩半之後，就追著敵人往建築物深處跑去。

從通道裡面不僅攻出巨大的蜘蛛，連蜈蚣和蝙蝠都襲向我們。

吸血鬼能夠操縱昆蟲與蝙蝠，還能夠將身體的一部分變化成這些生物。

受他們操作的動植物都已然化為異種，跟普通的生物存在著本質上的不同。因此靠聖劍的一擊就能讓牠們化為塵埃，不過……

由於走廊下的所有陰暗處都跑出了怪物，這情況沒完沒了啊！

潔諾薇亞用破壞的聖劍一口氣轟飛了怪物們，我則將擬態的聖劍刀身化為細長狀，然後像鞭子一樣彎曲起來祭出攻擊。變成長鞭的聖劍只靠一招就能同時消滅好幾隻吸血鬼的僕從。

跑過二樓的通路，好不容易到達的目的地是——一扇雙開式的門扉前面。

我們互望一眼確認之後，就推開了門。拓展於門後的空間是一間大廳。

那大概是用來舉行集會或是活動的地點吧。寬闊的室內設立了講台，並且排列著許多張長椅。

講台上出現了好幾團藍白色的火焰，那名男性吸血鬼就站在講台上。他露出討人厭的笑

容開口道：

『真行呢，教會的母狗們。所以才會這麼年輕就成為聖劍使用者吧。』

那名男子一甩斗篷——底下就陸續出現了無數隻受他使役的蜘蛛跟蝙蝠。

……看來他是打算跟我們進行耐久戰吧。對手似乎想放出使僕與我們拉開距離，直到我們的精力用完為止。

畢竟，我們手上可是握著對他而言應該是必殺招數的聖劍，我想大概不存在不怕聖劍的吸血鬼吧。

他想要不碰到這把聖劍而打倒我們，才會放出無數的僕從。

對手是非人之物，當然會擁有超越人類的持久力。

……不想辦法給他本體一擊的話，被耗盡體力的我們就會吞下敗仗。

就在我正想跟潔諾薇亞討論要如何攻擊對手的時候——

就看到她望向我的背後瞪大雙眼……我的身後有什麼東西嗎？

「危險！」

她抓住我的手用力一拉。就在我注意到身後氣息的同時，已被拉近她的身邊。

大量的蜘蛛絲往我上一秒的所在之處傾注而下，大規模地融解了地板。我背後的位置不知何時已被異種蜘蛛進占……如果我繼續那樣不動的話，應該會被融解得連骨頭都不剩吧？

潔諾薇亞把那隻蜘蛛劈成兩半後，就拉著我躲到大廳的長椅底下。

我們把身體縮到最小，在長椅底下調整氣息。

潔諾薇亞從椅子底下注意著周遭的情況。

我詢問正在這麼做的她道：

「……妳為什麼要救我呢？」

我剛才拒絕了潔諾薇亞對我伸出的手。

這行為可以說是對她這個人的否定吧，而她拯救了那樣對待自己的人。

潔諾薇亞不怎麼在意地開了口：

「嗯？那種事現在不重要吧？比起那個，應該想想該怎麼打倒那傢伙呢……伊莉娜，妳也——」

我拚命壓抑著某種湧上心頭的東西，正對著她開口：

「我明明就……對妳感到恐懼啊……！我明明覺得輕易砍倒變成不死者人類的妳是個恐怖的女孩，是個跟我不同的人！妳為什麼要幫助那樣的我呢……？妳剛才看了我那樣的態度，覺得想避開對不對？既然這樣，妳又為什麼要幫我呢！」

她必定深受打擊吧，她也一定很痛苦，覺得絕不能饒恕我。

我……討厭這樣。我討厭當時躲開她的自己，沒辦法自我原諒。

我明明就把潔諾薇亞當成同伴看待，卻還是避開了她。她放著我不管也沒關係，即使見死不救也能被原諒，那為什麼還要救我呢？

她瞪大了雙眼，露出驚愕的表情──然後，搔搔臉頰露出不知該做何反應的模樣。

「…………」

沉默了片刻之後，她開口說道：

「……這是因為在同年紀的人裡面，會真的跟我交談的人……就只有妳而已……──我很高興。」

──！

她的回答令我啞口無言。

她那張總是冷淡的面容展露出笑靨，繼續對我說：

「妳就算討厭我也沒關係，我已經習慣被人嫌惡了。妳覺得會殺人的我很可怕吧？這樣想就可以了。我……只會判斷要如何發揮身為神之劍的功能而已。」

「為什麼……？妳為什麼會變得能做出那樣的事……？」

她聽到我的追問，瞇起眼睛望向自己手中的聖劍。

「……從我出生以來，就只有這一項長處而已。除了御使聖劍以外，毫無可取之處。對不起，伊莉娜。即使這樣……我還是把妳……」

她坦誠地凝視著我，開口說道：

「當成我交到的第一個朋友。」

——！

…………

我說不出任何話來。她……一直把我當成朋友看待。所以，不管發生什麼事她都會幫我。即使我拒絕了她，她仍然會幫助我。

她點了一下頭，然後飛衝出遮蔽處開口：

「所以，抱歉了！至少這裡由我來做主！」

——她為什麼要道歉？

不對的人明明是我啊，是拒絕了妳的我。那個時候，必須斬殺化為不死者居民的人是我、成為戰士的人是我、當上戰士後沒做好覺悟就立足沙場的人是我，還有當上戰士明明感到很光榮，卻無法貫徹本分的人也是我啊。

——為何要對我道歉呢？妳明明沒有做錯任何事……！

潔諾薇亞豪快地轟飛了吸血鬼的那些下僕，終於成功到達他的本體跟前。

不過，吸血鬼在被聖劍直接擊中的前一刻，化為霧氣消散開來。

那陣霧包圍住潔諾薇亞，讓她的劍鋒搖晃，沒辦法鎖定同一個方向。

接著那團霧氣乘虛而入，再度在她背後匯聚成人形。

吸血鬼揪住潔諾薇亞的長髮，直接把她的雙手反扣在背後！

糟了！吸血鬼的臂力比人類還強，一旦被抓到就會很難逃脫！

抓住潔諾薇亞的吸血鬼發出大笑：

『像妳這樣的小女孩！以為自己能贏過純血的吸血鬼嗎！哈哈哈哈！即使身為聖劍使！也不可能戰勝我的力量啊！』

潔諾薇亞就算被反剪雙臂，仍然不改她強硬的態度。

「……被國家放逐的臭吸血鬼。你這不襲擊人類村落就無法生存的傢伙，居然在歌頌純正的血統……！笑死人了！」

吸血鬼聽到她這句話，就憤怒得面容扭曲：

『…………！妳還真敢說啊，該死的小姑娘……！』

吸血鬼露出尖牙，望向潔諾薇亞的脖子。

再這樣下去，她會被吸血的！

我——下定決心衝了出去！

「潔諾薇亞！」

我呼喊著她的名字，伸長擬態聖劍的刀身、幻化成長鞭模式攻向吸血鬼！

雖然吸血鬼在千鈞一髮之際成功避開，但由於他無法維持剛才的姿勢，使潔諾薇亞得以逃脫。

重獲自由的她往後直退到我身旁，重新握好聖劍。

她開口詢問我：

「妳為什麼要救我呢？妳不是……很怕我嗎？」

我面對落寞地說出這句話的潔諾薇亞，勉強堆起自己最燦爛的笑容，放聲大喊：

「因為……我是一名戰士……！是聖劍王者之劍的劍使……！同時也是潔諾薇亞的同伴……！怎麼可以表現得這麼難看呢！」

她聽了我這段不堪的宣言，雖然因此目瞪口呆，卻又立刻輕笑出聲：

「……這樣啊。」

我們僅僅互相確認完那一點，就再度握好聖劍與敵人展開對峙。

我跟潔諾薇亞同時拔腿奔出，往左右兩翼散開。

即使潔諾薇亞大幅揮舞破壞的聖劍襲向對手，但那吸血鬼卻輕易地閃開了。這時我手中這把擬態的聖劍猶如具有意志一般，蜿蜒著向前突刺，準備要貫穿敵人。

潔諾薇亞像是進一步做出追擊似的，橫劈掃出第二劍！

聖劍的劍尖終於擦過了吸血鬼的胸膛！

聖劍的效能在對手被劃到的地方奏了效，讓吸血鬼的胸口冒出煙霧。

那個男人由於聖劍造成的傷害，痛苦得面容嚴重扭曲。然而，他就算承受著苦痛，仍然愉悅地勾起嘴角說道：

『……原來如此，妳們兩人一旦聯手就真的很難對付啊——不過，力量跟技術都尚未成熟！不足以打倒我！』

的確，事實正如這名男人所言。對手已經掌握了我方的攻擊範圍以及特性，看這個情況，他應該會再度從遠距離放出魔物，讓戰況演變成持久戰吧。

我剛才也考慮過這一點，邁入持久戰的話我們就玩完了。身為人類的我們不管經過多少訓練，都不可能贏得過吸血鬼的耐久力。

因為不管怎麼說，對手可是永生的怪物——

潔諾薇亞聽了那男人的話，就露出一張大膽的笑容開口：

「是喔。既然這樣，我就使盡全力給你一擊怎麼樣？」

她話音剛落，就朝前方伸出了右手。

接著，她開始編紡出有力的話語——

「——聖彼得、聖巴西流、聖狄尼修、聖母馬利亞，傾聽我的聲音吧。」

她前方的空間產生扭曲，從那裡漸漸出現了某種東西。從異空間現出身影的是——一把巨大的劍。

「以寄宿在聖劍的聖人之名，我在此解放——」

她散放出極為巨大的神聖氣場，架起劍吶喊！

「——杜蘭朵！」

我跟吸血鬼同時感到驚愕。

『——！居然是杜、杜蘭朵！怎麼可能！難道妳能駕馭它嗎？』

那名男性吸血鬼會被嚇到也是理所當然的事。

杜蘭朵——它是受教會保管的其中一把傳說聖劍，是一支跟王者之劍擁有同樣強大力量的聖劍。

……而潔諾薇亞卻取出了那把聖劍！

潔諾薇亞繼續放射出具有攻擊性的靈氣，手持聖劍開口：

「我原本就是被遴選出來擔任杜蘭朵的聖劍使，會拿王者之劍也只不過是順便罷了。看好了，我要施展出剛才被你說還不足夠的破壞力嘍。這把劍比起破壞的聖劍遠遠凶險上許多，不管你是純血種還是什麼鬼東西，所有的一切應該都會被它化成灰燼吧。」

如她所言，杜蘭朵正不受她控制地放射出攻擊性的靈氣，殘忍地粉碎、損害著大廳的地板、天花板以及長椅。

那把聖劍散發的靈氣，連我這個被王者之劍選中的使用者都無法靠近。

……這樣啊，原來她是杜蘭朵的聖劍使。正因為如此，她經歷過的戰場才會比我所體驗過的更加慘烈吧。

她是——一位才能比我更加出色的人。

吸血鬼感受到杜蘭朵傳出的波動，表情染上驚懼之色。

『這種小鬼頭居然拿著傳說的杜蘭朵！混、混帳，妳們這兩個神的奴僕啊————！』

雖然放聲咆哮的吸血鬼從全身上下釋放出他無數的使僕——蜘蛛與蝙蝠，但手持杜蘭朵的潔諾薇亞卻毫不畏懼，對他開口說出這句話：

「這是我唯一的長處。來吧，領教一下。」

一股強大的神聖靈氣，經由被她使勁揮下的聖劍射向整座大廳！

我因為這道眩目的光芒而摀住眼睛。被崇聖氣場包覆住的吸血鬼，全身上下漸漸化為塵埃。

『……這、這樣的我……血統如此純正的我……』

雖然那名吸血鬼一臉無法相信自己吃敗仗的模樣，但他下一個瞬間卻開始嘲諷地笑道：

『……咯咯咯，不過……是這樣啊。真祖的「血脈」在這個時代果然盡選些雜種……不管是宗家的成員或是卡蜜拉那邊的人都一樣……咯咯咯，一不留心就會被毀滅喔……被雜種們的……那股……駭人的力量啊——……！咯哈哈哈哈哈哈！』

那名吸血鬼高聲大笑，逐漸化成灰消失在眼前。

這段話就是那個吸血鬼最後留下的遺言——

†††

「對喔～～發生過那種事耶。」

時間回到今日。練習完的我們坐在訓練室的地板上，回顧那天所發生的事情。

「杜蘭朵當時那一擊，讓整棟鎮公所都崩塌了呢。」

沒錯，獲得解放的杜蘭朵如我所言，放射的氣場將包含那間公所在內的周邊地區破壞殆盡。此舉貫徹了她「破壞魔」這個稱號。

由於當時的潔諾薇亞還沒有辦法像現在一樣靈巧地使用杜蘭朵，因此釋放出的神聖靈氣無論質與量都和目前相差懸殊。

平時在上級頒布指令以前，她是絕不能解放杜蘭朵的。

雖然結論來說是打倒了當時那名吸血鬼，但她結束任務回去之後，聽說因為擅自使用杜蘭朵而挨了上司一頓罵，葛莉賽達修女也唸了她非常久。

潔諾薇亞繃著臉，這麼說起那個時候發生的事情。

「不過啊，發生那次事件以後，我們共組搭檔的次數就增加了呢。」

我如此說道。上級似乎認為我很適任掌控潔諾薇亞的工作，在那之後凡是派遣潔諾薇亞執行的任務，有很高的機率會選我當她的同伴。

然後，我和她的孽緣到了今天仍然持續著，不知不覺間我們已成了最要好的朋友。

「說到那時候的葛莉賽達修女，我從來沒看過她那麼生氣呢。」

露出苦笑的她，玩著自己那撮挑染成綠色的頭髮。

是的，那個故事還有後續。

發生過那次事件以後，我看到久未謀面的潔諾薇亞時，她身上的變化讓我嚇了一大跳。

「──潔諾薇亞，那個！」

我注意到潔諾薇亞髮型出現的改變。

因為她把頭髮剪短了。

「嗯，我那時不是被吸血鬼抓住而陷入危機嗎？那件事讓我明白到自己果然不適合留長頭髮。」

她那時候的確是被揪住頭髮沒錯啦……但更重要的是那撮挑染。

我再度問起她髮型的事情，她就雙頰飛紅地回答我：

「是啊，我嘗試在頭髮上挑染了綠色。如何，這樣有比較時尚了吧？」

這應該是她盡力揣摩出來的時尚吧。我看到她羞赧地詢問我的模樣，於是——

「噗！」

覺得實在太滑稽而失笑出聲。

「妳幹嘛突然去挑染啊，而且居然只有那撮頭髮是綠的！」

她的時尚標準太過有趣，讓我忍不住沒禮貌地笑了起來。

「哼！就算這樣，這也是我努力試著構思的耶！居然笑我，妳這個無禮的傢伙！」

她立刻鼓起臉頰，訴說她的遺憾。

「妳別再生氣了啦，這髮型真的很適合妳喔！」

就算我這麼對她說，她的心情還是沒有好轉，氣嘟嘟地發怒了好一陣子。

「不管妳有沒有說髮型適合我，我都要閃人了！沒錯，我現在要走了！」

我追趕著率先走起路來的她，頻頻說著「抱歉，妳別再生氣了嘛」不斷向她道歉。

從那時候開始，她就會在我面前展露出各式各樣的表情以及情緒了。

沒錯，她就是個跟我同年齡的女孩子，既會歡笑，也會生氣。

我說啊，潔諾薇亞。我們今後也是朋友對吧！

Extra Life.2 畢業旅行與渦之團

那是我們駒王學園在校生組，三月下旬舉行過學期末結業典禮後所發生的事。

新舊神祕學研究社的全體成員一結束結業典禮，當天就留在家裡為旅行做準備。

沒錯，就是為了舉行前陣子全體社員所定案——莉雅絲與朱乃學姊的畢業旅行！

而且！這竟然是一趟利用春假貫徹南北，由北海道至沖繩，在一個星期內巡迴國內各地，進行縱斷之旅這樣的超豪華企畫！我跟眾人在聽到這行程時，情緒不曾那麼激動過啊！

這也是當然的啦。畢竟從去年年尾到今年年初這段期間，我們連續遭逢激烈的戰鬥，身心都已疲憊不堪了。就在我們終於能夠重新安定下來的時間點，這項慰勞企畫成功舉辦，讓大家都非常興奮！

早我們一步畢業，已經開始放春假的莉雅絲與朱乃學姊已經準備好旅行的物品，正在起居室裡優雅地享用紅茶。

「明天終於要啟程旅行了呢，大家都做完準備了嗎？」

莉雅絲詢問聚集在起居室裡的成員們。

『都沒問題了！』

大家全都異口同聲地如此回答，真是興致勃勃啊！

「好期待喔！」

「真的！」

「好想趕快去旅行喔！」

首先，愛西亞、潔諾薇亞，還有伊莉娜等三人，在昨天晚上就已準備好旅行的物品了。總是生活得清廉正直的愛西亞不可能疏於準備，而潔諾薇亞跟伊莉娜也因為在擔任戰士時培養出來的習慣（畢竟她們會被派去各種地方出任務嘛），迅速確實地整理好了行裝。

「……特產品、名產品……肉類、點心、魚類、第一站的北海道有螃蟹、鮭魚卵……」

小貓在這一點上也沒有問題。她已經結束了準備，目不轉睛地讀著旅行指南上面「美味店家」的特集。

「領隊須知……嗯嗯嗯。」

儘管羅絲薇瑟正在閱讀著某種參考書，不過她當然也準備完了。

黑歌在小貓身旁窺視著她手中的書本。

「嘻嘻嘻♪我們處理完瓦利的事情之後，就會去跟你們會合喵。」

黑歌跟勒菲雖然也要參加，但因為她們要先去辦事情，因此打算事後再加入我們。

勒菲對莉雅絲鞠個躬開口：

「感謝妳允許我們參加這次的旅行。」

莉雅絲眼見規規矩矩行禮的勒菲，也開朗地回答她：「這又沒什麼，妳別在意啦。」

木場、加斯帕、瓦蕾莉以及托斯卡這四個人也來現場露個臉，瓦蕾莉跟托斯卡也都會參加這次的行程。

「呵呵呵，真期待呢。」

「能去日本各地旅行，真的就像作夢一樣。」

因為瓦蕾莉和托斯卡她們幾乎沒離開過這座駒王町，因此都感到非常開心。即使這兩人還不熟悉日本，但大家會以木場與加斯帕為中心做配合。

「雖然我們去了許多不同的地方，卻不曾為了旅行而前往其他地區呢。」

木場說了這句話。

啊～～是這樣沒錯耶。就算為了出任務、與敵人戰鬥而去到各式各樣的地方，卻幾乎沒有好好跟大家出門旅行過呢。

加斯帕開心地說道：

「就是因為這樣，大家能共同旅行才會讓我既期待又高興呀！」

真的是這樣耶，好期待大家一起旅行喔！

我攬著木場與加斯帕的肩膀開口：

「好耶！吉蒙里男子三人組！準備來盡情享受旅程吧！」

如果旅行中發生讓我們男生團結度更上一層樓的事件，我說不定會很高興喔！一起去欣賞當地的美少女跟美女好像也不錯！不，我相信一定很棒！

「藉由這趟旅行，我也想要享受慶祝一誠升格為上級惡魔這件事呢。」

木場這個傢伙！他這句話真中聽啊！我的確也想要試著慰勞一下自己，慶祝我升格啦！一旦到達當地，我就來大肆享用美味的食物吧！

這麼一來，我擔心的就是……奧菲斯跟莉莉絲她們。儘管讓兩位龍神（還是該說兩尊龍神？）住在家裡有人照顧她們是沒問題，但若遇到這種出門旅行的時候，我就會為處理她們的事而大傷腦筋。

因為以她們的身分來說，我沒辦法輕率地把她們帶出門吧。

不過，這時有個值得信賴的救兵出聲說道：

「一誠你們出外旅行的這段時間，我會跟菲斯大人她們一起看家喔！」

可靠地對我這麼說的人，正是九重。九重預定從四月開始就讀駒王學園的小學部，她從今年春天就開始準備寄宿，幾乎每天都會在兵藤家露臉。

也就是說，那個九重要在我們去旅行的期間幫忙照管奧菲斯她們。

「不好意思啊，九重。菲斯她們就拜託妳嘍。」

九重聽到我的請託，就充滿精神驕傲地笑著回答：「包在我身上！」

「不過，你們到達京都的時候，我會回去那邊幫大家介紹都內，要好好期待喔！」

正如九重所言，由於我們進行的是一趟縱斷日本之旅，因此行程中也有計劃前往京都。而九重又再度站出來當我們到時候的觀光嚮導。

我對奧菲斯以及莉莉絲說道：

「就是這樣，抱歉要麻煩妳們看家了。我會買很多伴手禮回來的。」

奧菲斯跟莉莉絲攤開各地特產的型錄，各自指著上面的商品開口：

「螃蟹。」

「明太子。」

……看來龍神大人已經完全被人間的食物迷住了。

我摸摸奧菲斯和莉莉絲的腦袋說道：

「好好好，交給我吧。」

大家多半會各自買特產給奧菲斯她們，看來她們會收到很多東西喔。因為主要是拜這兩人所賜，我們才有辦法戰勝邪惡之樹嘛！

「我確認完一誠先生的行程表嘍。」

——就在大家腦中充滿對旅行的夢想時，蕾維兒在起居室現身。自從她成為我的眷屬之後，就為我把行程表安排得比以前更加詳細。而我這次出門旅行，她也按照我的情況來調整行程。

畢竟身為「胸部龍」的我變成上級惡魔的緣故，不只是冥界，連各派勢力都捎來了相當大量的委託跟請願。而那一點就由我自豪的眷屬「主教」蕾維兒，為我將那些預定一個個準確地嵌入行程表中！說不定我一輩子在蕾維兒面前都會抬不起頭呢。

蕾維兒向我還有眾人宣布：

「總而言之，我也整理好一誠先生的行程表了。在旅行這段時間內沒有安排任何重要的委託，這麼一來我也能夠好好享受旅行了呢。」

蕾維兒臉上掛著笑容報告完這件事！

太好啦————！看來這樣我就能盡情享受旅行了耶！

「只不過，旅行結束後——」

蕾維兒說到這裡時，霍然回過神摀住嘴巴。沒錯，其實我的眷屬（我、愛西亞、潔諾薇亞、蕾維兒、羅絲薇瑟）＋伊莉娜，在畢業旅行結束後要進行某件事情。莉雅絲她們目前還不知道那個計畫。

蕾維兒清清喉嚨，把話題轉向別處：

「……咳嗯，是說我聽說了這樣的風聲——據說有神祕的布偶裝集團，在日本的知名觀光景點四處出沒撒野，因此希望各位多加留心。」

「神祕的布偶裝集團？」

羅絲薇瑟聽到我這麼反問，就像是回想起某件事情似的開口：

「對喔，那個好像有在網路上成為話題呢。出沒在觀光景點的怪異布偶裝集團，對觀光客還有當地居民惡作劇，好像是有這麼回事……」

在意起來的同伴們就用平板電腦調出網路上的消息來看。該條消息顯示……目睹某群不知是穿著動物造型布偶裝，還是在玩角色扮演的人，在某座城鎮上惡作劇的情景。

包括他們在觀光地的店家裡刁難對方、攻擊販賣機，還有勒索觀光客小孩的模樣。真的是盡做一些有點邪惡的小壞事呢……

「呃，總之，姑且提高戒心吧。」

我說出這句話，大家雖然心覺困惑也還是點了點頭。

莉雅絲咳了一聲，清清喉嚨重新開口：

「那麼，就來進行最後的確認吧。請大家把旅行指南拿出來。」

『是～～！』

全體成員都舉起手，高聲回應她。手上拿的是旅行指南（教會三人組手工製作）！因為大家即將要踏上旅程，所以頃刻之間就把布偶裝集團的事情給拋到腦後了。

「按照計畫，首先要從北海道開始走行程。第一天的預定是各自——」

就這樣，開始由莉雅絲帶頭為大家進行畢業旅行的最後確認——

另一方面，就在兵藤一誠他們正在準備畢業旅行的同一時刻——

在一座位於日本近海的孤島上，設置了那個組織的祕密基地——也就是指揮站。

在那個組織的指揮站之中，聚集於其中的大廳——集會場的成員，是統一身穿黑色裝束的大量戰鬥員。

眾人都一絲不亂地排好隊伍，把視線集中在面前一座高出一階的講台上。

講台上擺著一張裝飾得陰惻惻的椅子，上面泰然坐著一名散發出威嚴的人物。坐在椅子上的是一位戴著龍型頭盔的中老年男性——他正是這個組織的首領——渦之皇。

而那位首領身邊，排列著身穿面罩及斗篷這副打扮的幹部們。

渦之皇——首領用銳利的眼神凝視著全體戰鬥員，開口吐露出頗具威信的話語：

「被譽為吾等邪惡業界數一數二的集團『禍之團(Khaos Brigade)』，也終於步上敗亡之路了。」

雖著首領的聲音，其中一名列於台上的幹部就上前宣告：

「如今已有兩個大規模派系毀滅，而繼承他們的組織——邪惡之樹的領導者也命喪九泉，組織已然瓦解。」

他們知道「禍之團」這個在非人者的世界中，持續進行恐怖行動的組織。

而且，他們已經獲悉那個「禍之團」在前些日子迎來巨大衰變，正步向滅亡的情報。

首領冷笑道：

「哼，他們到底是個新興的組織。對方歷史尚淺，應該也缺乏紀律吧。」

幹部們聽到首領這番話，也發出「「「咈咈咈」」」這種邪惡的笑聲。

首領倏然瞪大眼睛，氣勢洶洶地站起身開口：

「全都給我聽好——！如今正是我等祕密結社——『渦之團（Vortex Bunch）』征服世界的時刻啊！」

全體戰鬥員聽到首領打響第一炮，就朝天空高舉雙手，將手臂擺成V字形吶喊道：

『VORT——EX！』

組織的吆喝聲籠罩了整座集會場。

沒錯，他們是一支邪惡祕密結社，名字就叫「渦之團」。而戰鬥員的姿勢也是代表了組織名稱「VORTEX BUNCH」裡面的「V」這個開頭字母。

這個祕密結社，是由首領渦之皇從世界各地徵召來惡黨，匯集而成的一大組織。

組織成員涵蓋的範圍很廣，從魔物、獸人到身懷異能的人類都有。裡面也有像是渦之皇本身一樣接受過改造手術的人——也就是怪人。

幹部們七嘴八舌地說起那個「禍之團」的壞話。

「呵、呵、呵，『禍之團』那種東西，只不過是個抄襲吾等『渦之團』的組織，在我們之後出來逞威風罷了，實在太可笑了。」

「山寨品就是山寨品啊，他們成立的時間連一年都不到就變成這副德行。真是的，那個團體在邪惡組織中只稱得上二流……不，連三流都排不上呢。」

戰鬥員們也群起呼應他們說的這些話：

『沒錯沒錯！』

「吾等創立組織的時間比較早！」

「他們用那什麼『禍』啊！絕對是在模仿我們團名裡面的『渦』啦！」

他們之所以抱怨連連，是有其理由存在的。

這支組織大約是在五十年前創立的。當時，他們在全球各地暗中為惡，因為若被國際刑警組織（ICPO）那類的機構抓到小辮子就會有麻煩，於是他們在做壞事的時候總是百般謹慎。

等到他們耗時費日，終於整備好戰力之際，就在他們企圖要從日本開始征服的那時——

「禍之團」崛起，讓他們當頭吃了一棒。

而且，自己的組織叫作「渦之團」，而對方則取了「禍之團」這麼一個莫名相似的名稱。

自己的所作所為老是被當成對方做的，不然就是對方幹的好事總被扣到自己頭上，這為「渦之團」帶來許多無謂的誤解跟麻煩，讓他們屢屢吃到苦頭。

——在這裡集結的全體成員，每天都詛咒著「禍之團」。

或許是他們願望成真的關係，前陣子「禍之團」終於嚴重瓦解。

沒錯，在場的全體成員心中都只有一個想法——現在是他們翻身的唯一良機。

首領再度向眾人宣布：

「各位，接下來吾等『渦之團』將要正式征服日本。我們要把這個國家推入恐怖的深淵，當成征服世界的墊腳石！首先就從北方大地——北海道開始攻下吧！」

首領掄起一隻手，使勁握緊拳頭。他背後張著一面上頭有著邪惡漩渦標誌的旗幟。

「然後，我們總有一天——要讓這個國家的一切化為地獄啊！」

戰鬥員們聽到首領強而有力的一席話，再度擺出V字形的姿勢——

『VORT——EX！』

全體成員團結一條心——

首領睜亮眼睛，呼喚出某人的名字：

「出來吧，鮭魚怪人！」

那名怪人從戰鬥員之間現出身型。

「鮭嘻、嘻、嘻！您在呼喚我是嗎，渦之皇首領！意思是要將第一個征服目標北海道的攻略事宜，交由被稱作『反叛鮭王（Limit Over Salmon）』的我——鮭魚王負責是吧！」

高笑著走出的身影，是一名頭部呈現魚——應該說鮭魚形狀的人型怪人。他的手中拿著把魚叉，頭上則戴了頂王冠。

眼見鮭魚怪人——鮭魚王登場，戰鬥員們掀起一陣騷動。

「馬上就請出帝王鮭大人……不，他被這麼稱呼會生氣吧。儘管如此，一開始居然就找來鮭魚王……看來首領是真的打算征服日本了。」

「是啊，鮭魚王大人在他還是鮭魚的時代，到了通常六年左右就要返回出生河流的那個時刻，持續違反本能，在海裡繼續游了三十年。結果首領就看上了他的志氣而把他變成怪人，真是可怕的魚類啊。」

「那位大人可是曾把在十萬條鮭魚裡可能還找不出一隻的夢幻鮭魚——鮭兒，蔑稱為『輸給本能的早洩廢物』這樣的強者。真是名可怕的人物呢。」

就在戰鬥員們談論著鮭魚王的恐怖時，首領下令道：

「那麼，帝王鮭……不，鮭魚王啊，北海道就交由你負責攻取！你可要漂亮地讓那片土

地陷入恐懼之中啊！」

鮭魚王當場屈膝觸地，開口宣布：

「哈哈～～！我鮭魚王必定會達成這項諭令！」

然後，鮭魚王站起身來，立刻做出V字動作喊道：

「VORT——EX！」

『VORT——EX！』

在場的戰鬥員也應和著他。

就這樣，在兵藤一誠他們為畢業旅行做著最終確認的同時，謎樣的邪惡組織已經暗中展開了行動——

—○●○—

翌日正午——本人兵藤一誠降落在北海道的新千歲機場啦！

「好啦，到達了喔，第一次來北海道！」

嗯～～才一到達機場就覺得涼颼颼的！不愧是北海道！就算道了三月下旬還是很冷！不過，因為我是第一次造訪北海道，所以被冷得很舒服！

我們為了讓這趟旅程的開始有個樣子，因此決定搭乘飛機來到目的地。

不過，在這之後我們會用轉移型魔法陣跳躍到其他地點就是了。

由於大家都對莉雅絲想搭飛機展開旅行的堅持意見一致，所以才會變成這個情況。

大家在機場暫時解散，各自前往想去的地點，然後傍晚再到我們於札幌預約好的旅館集合。

儘管這麼說，但我們開場的「北海道篇」預定要住上兩晚。

「我明天計劃要前往與新撰組因緣匪淺的函館五稜郭，打算也帶托斯卡一起去。」

這似乎就是木場明天的預定。出乎意料地，大家就像這樣在旅行中自由地行動。

——這時，潔諾薇亞從懷裡拿出一把鑰匙。她用手指勾著鑰匙圈，驕傲地旋轉著它。

「嘿嘿嘿，這次我要騎這個。」

我立刻就察覺到！

「啊，那是機車的鑰匙！」

潔諾薇亞點點頭回答：

「嗯，其實我考到駕照了，然後也用從事惡魔工作賺來的錢買了一台中型重機。我打算之後用魔法陣將它取出，在北海道廣闊的大地上馳騁。」

真的假的！潔諾薇亞那傢伙雖然老是唸著她有多想要普通重型機車駕照，但她是在什麼

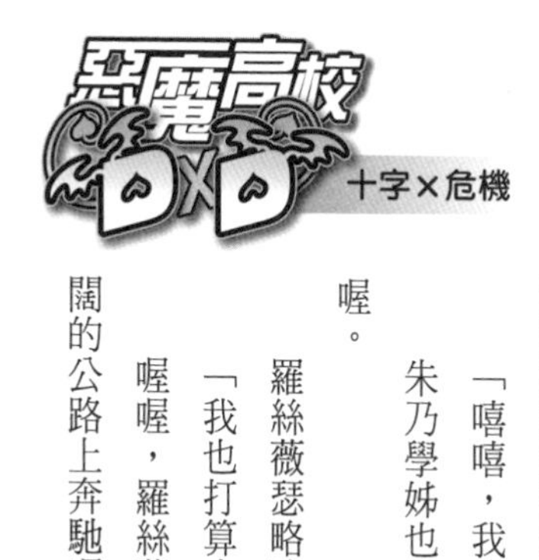

時候考到的啊！她之前也說想要一台中型重機耶！

哇啊～～好羨慕喔！我也想拿到機車駕照啦！

「我已經預約好之後要給潔諾薇亞載嘍！」

伊莉娜豎指比出V字手勢這麼說！好好喔好好喔！我也想騎！

莉雅絲微笑說著「一誠說不定也去考個駕照比較好喔」，同時從懷裡取出汽車的鑰匙。

「因為我也有駕照了，所以之後打算召喚出我自己的車來開。我一直想要在寬廣的公路上開一次看看呢。」

莉雅絲向我們報告她得到汽車駕照的事情。畢竟她從去年就對考照很有興趣，冥界跟人間兩邊的駕訓班都有去上嘛。

「嘻嘻，我也考到駕照了喔，當然要趁這個好機會跑跑看。」

朱乃學姊也陪著莉雅絲一起拿到駕照了呢，總覺得我身邊擁有駕照的人一下子增加好多喔。

羅絲薇瑟略略舉起手說道：

「我也打算去租車來開。」

喔喔，羅絲薇瑟也要在北海道開車啊！看來這些擁有駕照的人，都很期待能在北海道寬闊的公路上奔馳呢。

莉雅絲對我說道：

「一誠，我們去兜風吧，我來開車載你。」

喔，莉雅絲邀請我了！我也想從副駕駛座欣賞北海道的風景呢。畢竟不管怎麼說，在北海道觀光沒有車就不像話了嘛。

雖然我正準備要答應莉雅絲的邀約——卻被喊停了。

「那、那個！」

羅絲薇瑟漲紅著臉，大膽地舉起手。

「怎麼啦？羅絲薇瑟？」

羅絲薇瑟被莉雅絲這麼一問，就展露一副硬擠出勇氣的模樣說道：

「我、我也想跟一誠兜風！」

——！居然，羅絲薇瑟也對我送出邀約了！我雖然很高興，但說到先邀我的莉雅絲——

她也露出微笑開口：

「哎呀，妳還真大膽呢，不愧是同樣身為眷屬的人。呵呵，那麼，就來猜拳吧。獲勝的人就能載一誠兜風。不過，等到下一次在旅行中兜風的時候就要把他讓給輸的人。就某種意義上來說，這也可以說是為了決定順序才猜拳呢。這樣妳能接受嗎？」

「是的，當然可以！」

羅絲薇瑟回應了她！就這樣，兩個人開始猜拳……

「──就是這麼回事，一誠……請你跟偶、偶去兜風！」

這場猜拳比賽是羅絲薇瑟獲勝！羅絲薇瑟完全爆出方言口音，再度邀請我！

「好、好的，麻煩妳了。」

就這樣，我第一天的行程就是坐車遊逛北海道。

雖然直到半途中，莉雅絲跟朱乃學姊她們駕駛的車都開在前頭，但由於各自想去遊覽的地方不同，我們就決定分開走。莉雅絲跟朱乃學姊開的車上載著其他成員，前往他們想去觀光的地點。

而與我和羅絲薇瑟走同一個方向的人，是騎著機車超越我們的潔諾薇亞。她的身後坐著伊莉娜，在幾乎沒有任何往來車輛的道路上疾馳。

「真是的，潔諾薇亞她呀，騎得可真快呢──」

身穿機車服的潔諾薇亞戴了一頂全罩式的安全帽，騎著一台藍色的運動型機車疾馳。可惡！她還挺有模有樣的嘛！如果她在騎機車的時候揮舞杜蘭朵，應該會超帥的吧！

坐在我身旁開車的羅絲薇瑟說：

「能夠騎著新買的機車在廣袤的北海道奔馳，大概是件很開心的事吧。不過，潔諾薇亞她啊，騎得有點太快了！之後得以領隊的身分唸唸她才行！」

哎呀，她似乎燃起教師魂了——不過，這時羅絲薇瑟對我道歉：

「抱歉我是安、安全駕駛，你可能會覺得很慢喔。」

「不會啊，請不用在意。坐羅絲薇瑟開的車，能讓我很放心喔。」

這是我的真心話。羅絲薇瑟駕駛的方式安全又確實，而且我也可以好好眺望外頭的風景，享受著車程。

在這幅積著薄雪的景色中前進，讓我產生一股馳騁在北海道的感覺。

「雖、雖然，我、我的夢想就是像這樣和男性一起兜風……」

羅絲薇瑟羞澀地這麼說。

「這樣啊——不過，身為男生的我坐在副駕駛座好像也不太帥耶。」

如果我負責開車，由女生坐在副駕駛座這樣應該比較好吧。

不過，羅絲薇瑟慌張了起來：

「沒、沒有這回事！因為這樣……也很有這樣的樂趣啊。」

面紅耳赤的羅絲薇瑟，也真是非常非常可愛。

「不好意思，我高中畢業的時候也會去考駕照的。到時候妳能反過來讓我載的話就好了呢。」

羅絲薇瑟聽到我這麼說，吃了一驚道：

「咦！四要載偶、偶去兜風嗎？」

她甚至發出了傻楞的聲音——驚嚇到連前方也忘記注意的程度！

「等、等等等、羅絲薇瑟，前面前面前面前面！」

「啊啊，對不起！我居然做出這種事情，我失、失去理智了……！」

「那個，如果妳願意，我會帶妳去兜風。所以到那時候就請多多指教了。」

羅絲薇瑟看到我向她點頭行了一禮，連她自己也正襟危坐，對我鞠躬說道：

「我、我才是，要永遠請你多多指教喔！」

永、永遠啊。不過，既然她已成為了我的眷屬，應該會和我永遠相處才對吧。這一點讓我備感光榮。

——這時，跑在前方的潔諾薇亞突然把機車靠向路肩，停了下來。

「哎呀？潔諾薇亞……停車了耶？」

我跟羅絲薇瑟都對此感到疑惑。羅絲薇瑟也將車停在路邊，兩個人都走到車外。

潔諾薇亞跟伊莉娜下了機車，望向一處蓋滿小屋的區域。

「怎麼啦，潔諾薇亞、伊莉娜？怎麼停在這種地方？」

潔諾薇亞伸手指向小屋的方位。

「沒有啦，因為那邊的露營區看起來好像發生了騷動。」

仔細一看，就能遠遠望見露營客們慌亂的模樣，也能聽到他們發出類似慘叫的聲音！

「就算是這種時期的北海道也會開放露營區呢。可是，這陣慘叫聽起來很不平靜耶。」

羅絲薇瑟回答了我的疑問：

「會開的地方一定就會開啊，但好像也會比平常的時段便宜。」

是喔～那麼，想來的人大概就會來吧。尤其是觀光客之類的人。

不管怎樣，一旦知道發生了騷動，也不能就這樣離開。於是我、羅絲薇瑟、潔諾薇亞以及伊莉娜用眼神回應了彼此，決定前往露營區裡頭。

我們才剛踏進露營區，立刻目睹一幕怪異的景象。

……全身黑衣的一群怪傢伙……還有戴著魚型頭套的奇怪東西……？

「嗯？什麼啊，是那支……布偶裝集團？」

雖然我們只能對此歪起頭感到疑惑，但羅絲薇瑟這麼開口：

「說不定就是那個集團呢。」

啊～我有從蕾維兒那邊接獲這項報告呢，說什麼有布偶裝集團在觀光地做壞事。

「去看看吧。」

我們一到達該處，就聽到那名戴著鮭魚頭套的怪人發出哄笑：

「鮭嘻、嘻、嘻！居然在這種地方悠閒地露營！本鮭魚王大人光臨以後，你們的和平就結束啦！我要把這片露營區化為地獄！好，首先就來把那裡的燒烤全部變成鮭魚吧！」

鮭魚怪人如此吶喊完之後——

『VORT——EX！』

那群一身黑衣的傢伙就做出怪異的叫聲和動作，把露營客正在烤的所有食材一樣一樣變成鮭魚片。

「哇啊～～！肉肉全部變成鮭魚了啦——！」

小孩子們因為烤肉活動被妨礙，號啕大哭起來。

而那個鮭魚頭套大口吃著搶來的肉，對小孩子這樣放話：

「要吃魚啊小鬼們！只吃肉的話會營養不均衡喔——！而肉就由我們來幫忙吃吧！鮭嘻、嘻、嘻！」

……呃，嗯～～這是怎樣？總、總而言之，他們正在做壞事吧。

那麼，要怎麼辦呢？而且都來到這邊了，應該不能裝作沒看到吧。

就在我想著這些事情的同時。擁有強烈正義感的潔諾薇亞與伊莉娜往前跨了一步。

「喂，那邊那條魚……的魔物嗎？你們不該在休閒設施做壞事喔。」

「對呀對呀！」

鮭魚頭套……不對，鮭魚魔物？鮭魚獸人？總之那傢伙對潔諾薇亞的登場發出嘲笑：

「鮭嘻、嘻、嘻！我還以為是什麼呢，這裡沒有小女孩的事！如果妳想妨礙我等的話，我可不會留情喔！我要把妳打入鮭魚地獄啊！」

這條鮭魚手上拿著魚叉耶！打從牠拿出武器之後，我們真的就不能再坐視不管了吧。

潔諾薇亞跟伊莉娜都從魔法陣取出聖劍，對著鮭魚擺好架式。

「唔嗯，沒辦法了。」

「那樣一來，就只能動手了吧？」

……不打不行啊。就在我跟著變出手甲，羅絲薇瑟也開始構築起魔法的同時，我們對上混帳鮭魚的戰役就揭幕了——

——於是，過了幾個小時後，結束觀光行程的我們便到達了位於札幌的旅館。

哎呀～～富良野的起司工房真的好好玩喔！大家可以一起做起司、奶油還有冰淇淋，我們也吃了披薩！雖然途中遇到了怪怪的鮭魚，但還是好開心好開心！

先一步到達旅館的莉雅絲詢問我們：

「哎呀，你們發生什麼事了？身上有鮭魚的味道耶。」

看來我們身上沾到了鮭魚的腥味呢。在起司工房的時候，負責招待我們的人也有這樣吐槽我們耶……

「啊啊～嗯，有點事啦。比起這個，今晚要在哪裡吃晚餐啊？」

我沒有特別跟莉雅絲提起這件事，而問起她今晚的晚餐。

「呵呵，我已經跟小貓他們說過了，要去吃蒙古烤肉吃到飽——」

就像這樣，我們在北海道的美食之旅也揭開了序幕！

就在兵藤一誠等一行人盡情享受完北海道之旅後——

另一方面的「渦之團」指揮站則是——

集會場現場的氣氛變得像在守靈一樣，而講台上的一角——擺著鮭魚王的遺照。踏上旅程前往攻占北海道的鮭魚王，被偶然遇見的高強戰士征伐，戰死在沙場上。

戰鬥員們面對這件事情，也全都說不出話來。

首領同樣深深地嘆了一口氣：

「……沒想到，我等『渦之團』之中名列前茅的戰士帝王鮭竟然被打倒了啊……」

所有的部下們看著出聲嘆息的首領，也沒人吐嘈首領把鮭魚王名字說錯的事。

就在那個時候——講台上的幹部們一齊往前邁了一步。

「哼哼哼。首領，那傢伙終究只不過是無法入選『四霸將』的魚罷了。這裡就交給我們吧！」

首領聽到幹部——「四霸將」的建議就叫起好來：

「喔喔，我等『渦之團』的驕傲——『四霸將』！你們願意出馬啊！」

其中一名幹部脫下他的蒙面布以及斗篷拋向一旁。而那裡出現的是——一名穿著陰陽師的服裝，擁有小麥色肌膚，然後臉上畫著五芒星打扮的幹部。

「交給我本人，五角星伯爵來打頭陣！吾之陰陽道所為……是的，將會把日本數一數二的觀光地——京之都化為魑魅魍魎橫行的地獄啊！」

目睹顏面五芒星男——五角星伯爵的登場，讓戰鬥員們群情激昂。

「喔喔，伯爵要上陣啊！」

「他明明身為陰陽師，卻使用五角星這個異國傳入的外來語名詞！然後他為什麼會是伯爵啊！」

「不過，他的實力可是貨真價實的喔……！不論如何，因為他在京都境內的寺廟、神社裡頭幹壞事，所以那些地方全部都禁止他進入了。」

「……他會把寫著超大凶的籤混進了籤筒裡，甚至還在紮上的繪馬留下『希望現充能死

光』這樣的詛咒語句……」

就在戰鬥員們談論著伯爵的傳說之時，首領高聲下令：

「——五角星伯爵，讓傳統悠久的京都墮入冥府魔道之中吧！」

伯爵屈膝跪下，嘴角浮現出冷酷的笑容。

「哈哈～～！包在我身上！VORT——EX！」

『VORT——EX！』

就在全體戰鬥員擺出招牌動作的同時，祕密結社鎖定了京都為下一個目標——

—○●○—

旅行的第三天！在北海道度過兩天之後，我兵藤一誠跟同伴們到達了下一個目的地——京都。

「要導覽京之都的話，交給我九重就對了！」

於是，我們按照約定跟九重會合，拜託她當我們不知道第幾次的京都觀光嚮導。

「每次來京都都麻煩妳真不好意思啊，九重。」

九重聽到我這麼說，就開心地比了個V字形手勢說道：

「無所謂啊！因為我承蒙兵藤家很多關照，做點這種事情還算是便宜我了呢！」

我們預定在京都停留一天的時間。而這一天的行程，大家就在時間允許範圍內前往自己想去的觀光勝地進行巡禮。而說到潔諾薇亞，她是想再去一趟在教學旅行時留下深刻印象的金閣寺與銀閣寺觀光。

我們拜託九重帶我們走一條能實現所有人心願的，最短最快的路徑。

在我們巡訪寺廟、神社，還吃著京都美食的時候，九重輕聲說道：

「人家也好希望菲斯大人她們也能在現場直接吃到京都的美食喔……」

「因為菲斯跟……莉絲她們有些狀況，不太能離開家裡啦。」

以她們的身分來說，這也是沒辦法的事情。奧菲斯、莉莉絲，雖然九重只有今天不能陪妳們，但妳們要當個好孩子乖乖看家喔！

莉雅絲像要讓她安心似的說道：

「呵呵。儘管如此，每當我們找到好吃東西的時候，就會藉由魔法陣即時送到她們面前，所以沒問題啦。」

「她們兩人似乎跪坐在魔法陣前面，等著食物送過去呢。」

朱乃學姊那麼說。

嘿嘿，我想像了一下她們兩人坐在魔法陣前方，流著口水興奮等待食物送到的模樣。光是想像那幕情景就會令人莞爾呢。

伊莉娜、潔諾薇亞以及愛西亞聽到這句話，就開口說道：

「不過，她們不能遊覽這座京之都好可憐喔。」

「以後也想找一天帶她們來這裡耶。」

「是啊，一定會來呢。」

……真是的。我有好多想帶那兩個人去的地方，也跟她們約好要給兩人看各式各樣的東西。以朋友的身分啊——

接下守護兵藤家這項工作的九重也是，總有一天我也想帶她去個什麼地方玩呢。

——這時，我們到了清水寺。寺廟那邊似乎發生了騷動。

「嗯，發生什麼事了呢？不知在吵什麼耶。難得我正在為一誠他們當嚮導的說……」

隨著九重的疑問，她的侍女狐狸姊姊砰地一聲現出身影，為她說明情況：

「是的，公主大人。那是因為……似乎有變態怪人在清水寺那邊找碴……」

心生在意的我們就走進了清水寺，前往混亂發生的地點。

現場已經聚集了人群，我們觀察了情況之後——就發現一名臉上畫著五芒星的怪人，帶著一支黑衣人集團，正在跟寺內人員進行爭論。

「呵、呵、呵！我把這座寺內全部的籤都換成超大凶了喔！」

五芒星怪人高笑著這麼說道。

「客、客人！您這麼做我們會很困擾的！」

寺內人員非常地生氣。也是啦，神籤被別人擅自換掉當然無法忍受嘛，畢竟那也是觀光資源之一啊。

其中一名寺內人員像是記得那個五芒星怪人似的伸手指著他：

「這、這傢伙！就是那個惡作劇犯人啊！他是那個被京都境內的寺廟跟神社禁止入內的有名怪人！」

……啊～～他是個有名的惡作劇犯人喔。真是的，上次那個鮭魚也是，我們旅途中怎麼老是碰上一些奇怪的傢伙啊……

潔諾薇亞跟伊莉娜也怒氣沖天地開口：

「真缺德。伊莉娜，我們一起懲治他吧！我記得在北海道遇過的那些傢伙也跟他們很像呢。」

「是呀是呀！主應該也會原諒我們動手懲罰那種壞人！」

因為這裡跟北海道的露營區不同，遊客很多，若是大鬧的話會很顯眼。如果隨便跟對方打架，連我們都會被禁止入寺呢。

「九、九重。看來有奇怪的傢伙在清水寺胡鬧，要怎麼辦啊？」

我姑且先詢問一下眼前的妖怪公主。

九重指派侍女去打電話，然後對我們開口：

「不需要勞駕各位出手喔！遇到那種傢伙只要報警就可以了，沒有我們的事。好了好了，一誠以及各位，我要開始為你們不斷介紹城京內的美味店家嘍！跟著我來吧！」

啊，聯絡警察就可以了喔……也是喔，如果是神籤這種東西，應該屬於警察的管轄範圍內吧。而且他如果亂來的話，九重一派——也就是京都的妖怪們多半也不會坐視不管。

我們重振起精神，再度踏上觀光行程——

就在兵藤一誠等人體驗完京都之旅以後——

另一方面的「渦之團」指揮站則是——

「怎麼可能！你說五角星伯爵輸了？」

首領——渦之皇聽了部下的命令，就驚愕地說出這句話。

戰鬥員繼續說明道：

「正、正確來說，他是被警察逮捕了。目、目前警察正在調查案情。」

首領表情嚴肅地把手靠上額頭開口：

「……可惡，雖然伯爵不要招出這個地方的話就沒事……但是警察很可怕啊。」

不可小看日本的警察——這句話是「渦之團」的訓誨之一。

儘管戰鬥員們因為伯爵遭到逮捕而吵成一片——

「首領！『四霸將』的第二棒就交給咱負責吧！咱要攻占大阪！」

現場響起一個新的聲音，用關西口音發言！又有一名幹部解下蒙面布跟斗篷，然後扔到一旁。

該處出現的是——一名身穿大阪虎隊職棒隊制服的虎型獸人。他並不是改造怪人，而是一名獸人，還是在「渦之團」的選秀會議上獲得第一指名遴選出來的優秀人才。最重要的，他是一名擁有鋼鐵般肉體，身高輕鬆超越兩公尺的彪形大漢。

「唔！是老虎總教練！沒想到，那位大人會在此上場啊……！」

虎型獸人——老虎總教練聽到首領的話就笑道：

「喵、嘿、嘿！沒問題的啦！憑咱這對道頓堀之爪，不管什麼樣的笨蛋都會被粉身碎骨！」

那名幹部亮出銳利的爪子，同時發出像貓咪一樣可愛的笑聲。

戰鬥員們再度群情鼎沸——

「竟然會派老虎總教練出馬！」

「他是一名曾強逼數百名關東人吃下大阪燒定食的戰士……！」

「據說他腦海中記得所有的搞笑藝人！如果問他推薦哪個搞笑藝人的話，他就會瞬間看透對方的笑點是什麼，然後為對方介紹最適合的藝人！」

「甚至還有傳聞表示——只要遇到老虎隊獲勝的那一年，他的力量就會暴漲數千倍！」

老虎總教練拿出了一把算盤，他不知在計算著什麼東西，高聲大笑道：

「喵、嘿、嘿！咱要把大阪染上『渦之團』的色彩！VORT——EX！」

戰鬥員們眼見老虎總教練擺出的姿勢，也再次同聲響應：

『VORT——EX！』

不過，遺憾的是這一年大阪虎隊並沒有得到總冠軍——

—○●○—

旅行的第四天！我兵藤一誠與夥伴們向九重道別，再度拜託她幫忙照看奧菲斯她們，然後到達了狂吃之城——大阪！

潔諾薇亞意氣昂揚地大喊：

「我聽說來到大阪的話就是要吃到翻過去！愛西亞、伊莉娜！我們要用撐爆肚子的氣勢瘋狂吃吃吃喔！」

她這句話讓伊莉娜跟愛西亞都舉起手，興致勃勃地回答：

「這素當然的嘍！哈哈，這樣腔調有像嗎！」

「我想品嚐正宗的章魚燒！」

愛西亞她啊，一直都在說她想吃道地的章魚燒呢。我也是第一次來到大阪，就爽吃個一份試試看吧。

——而且，要加入我們旅途的新成員也出現了。

「喵哈哈！好不容易成功會合了喵。那麼～～白音、勒菲，我們來大吃特吃吧，貓又就是很會吃嘛！」

「我第一次來到大阪，所以很期待！」

新成員就是黑歌與勒菲。特別是黑歌，她的身上並沒有像平常一樣穿著和服，而是風格隨性的長版大衣配上裙子的裝扮。看來應該是因為和服的腰帶會妨礙她狂吃東西的關係吧。

小貓聽到黑歌這麼說，就眼睛一亮開口道：

「交給我吧。為了今天，我昨天晚上刻意吃得比較少。」

嗯，小貓她啊，在京都吃晚餐的時候跟平常不同，吃得非常少，掃光的菜餚盤數也不多。應該是為了這一刻硬是忍耐不吃的吧。

莉雅絲把手擺在小貓的肩膀上說道：

「這種時候，小貓的美食感應器就是很厲害耶。小貓，拜託妳嘍。」

「包在我身上，莉雅絲姊姊，我今晚不讓妳睡。」

喔喔，好可靠啊！畢竟，小貓她從準備旅行的階段以來，就一直死盯著各地的美食導覽手冊狂看呢。

「喵哈哈！白音用食物來勾引妳的時候，妳還是先做好覺悟比較好喵！」

黑歌看起來也很高興……感覺這傢伙會吃得毫不客氣呢。

我們一行人在逛了一圈新世界、通天閣、大阪城以及其他有名的景點後，就來到變成我們真愛之地的道頓堀吃飯。

我們已經吃遍了所有眼見的食物，章魚燒當然不用說，包括串炸、大阪燒、加入生蛋攪拌的「名產咖哩」、烤花枝、豬肉包這些東西也是能塞多少就塞多少。

雖然食物好吃這一點是肯定的，但我覺得吃到途中的時候，不管是自己還是眾人的心中都產生「如果不硬著頭皮吃下去的話就虧大了」這樣的想法啦……

「現在開始才是重頭戲。」

「是啊，就是那樣沒錯喵。」

看來小貓跟黑歌還沒吃夠！貓又的肚子都是無底洞嗎！

就在我們為了這種事情感到震驚的同時，也注意到前方出現的異狀。

那個地方聚集了許多人，從這裡也能聽見巨大的聲響。先我們一步去看看那邊發生什麼事情的潔諾薇亞，對著小貓以及黑歌如此描述：

「那個啊，小貓、黑歌。那邊有一隻虎斑的……貓又？貓怪？之類的東西耶。」

她的話讓貓又姊妹愣了一下，彼此互看一眼。

我們接近騷動發生的地點一看——就目睹一名擁有虎頭這個特徵的魁梧惡漢，正在跟一般人起衝突。而且他身上還穿著一件大阪虎隊的條紋制服。

至於那名虎形惡漢的周圍……按照慣例出現了那個黑衣人集團！

「那是什麼東西？貓……虎型獸人？妖怪？」

黑歌同樣單憑一眼無法判斷，對此心生納悶。

等我們更加接近時，那場混亂的情況就映入眼簾。那名虎型……獸人對著普通百姓，同時遞出一個裝著大阪燒的大盤子跟一碗白米飯。

「來嘛來嘛，臭關東人！用這個大阪燒配白飯吃喔！來～～嘛來嘛！」

虎型獸人向男性民眾同時遞出大阪燒跟白飯。

「哇啊！麵食沒辦法拿來配飯啦！」

那名男性民眾大概是關東地區出身的人，對這兩種食物的組合表現得很嫌棄。虎型獸人看到他的反應就發怒道：

「你是瞧不起咱嗎！麵食類不拿來配飯就沒意義啦！像是章魚燒或是炒麵不都可以配飯吃嗎？這種做法根本就沒有錯啊！」

「你剛講的全部都是主食！不管是大阪燒、章魚燒還是炒麵，它們都不是配菜啦！」

在周圍看熱鬧的關西民眾們，聽到這名男子的話也——

「什麼！那些東西根本就很好配飯吧！」

「關東人就是這樣才搞不懂什麼是真正美味的東西！」

——如此這般，跟虎型獸人抱持相同的意見。喔喔，這就是關西人的配合度啊……！即使面臨這種狀況，該配合的時候就會配合吧！

虎型獸人露出邪惡的笑容，對淚水盈眶的男子這麼說：

「你們會把日式拿坡里麵放進便當裡對吧？這就跟那種作法一樣啊。沒什麼啦～如果習慣以後就很輕鬆啦。來嘛來嘛，用大阪燒配飯吃吃看啊？」

這是怎樣。簡而言之，他正在逼關東人吃大阪燒定食嗎！嗯、嗯——我雖然知道關西存在著這種組合啦……但我個人也沒辦法耶，不可能這麼做。大阪燒就是大阪燒啊！不過，炒麵或許可以拿來配飯沒錯啦！

就在我如此思考著自己在飲食上的堅持時，小貓往前跨出一步。她把那名男性護在身後，對虎型獸人說了一句話：

「那邊的老虎先生，不可以欺負一般人喔。」

虎型獸人發出「喵嘿嘿」這樣跟他外表相反的可愛笑聲，開口說道：

「妳在說什麼啊，小姑娘。是說，小姑娘妳是貓又對吧？算了，無所謂。小姑娘妳也來用這份大阪燒配白飯吃吧！」

虎型獸人同時遞出大阪燒跟白飯。

不過，小貓卻露出一副無畏的笑容回答：

「這沒什麼。不過，我無法饒恕你先前在狂吃之城犯下的惡行。」

如此一來，在周遭圍觀的群眾們也興高采烈地大喊「小姑娘上啊上啊！」的同時，貓虎之戰正式開打——

——●●●——

就在兵藤一誠等人在大阪盡情享受完吃翻天之旅的時候——

另一頭的「渦之團」指揮站——在講台上的角落多放了一張老虎總教練的遺照。

「沒想到，老虎總教練居然會輸……！」

首領——渦之皇因為實在太過震驚，而用手掩著臉說不出話來。

戰鬥員也帶著悔恨的心情，向首領報告老虎總教練的情況：

「據說他身受必須花費兩個月才能痊癒的重傷！可惡，如果老虎隊拿下總冠軍，他絕對不會輸給對手的……！我好不甘啊！」

首領搖搖頭開口：

「別這麼說。這也是老虎總教練的宿命，吾等並沒有從容到能一味等待老虎隊獲得優勝的程度……！」

由於組織幹部「四霸將」裡面已經有兩個人被打倒的關係，一股陰鬱凝重的氣氛籠罩著組織內部。就在這個時候，有一陣笑聲響徹了集會場。

「噗、嘻、嘻！真是的，伯爵跟總教練都一樣可悲到極點！接下來征討福岡就交給吾來負責吧！」

第三位幹部拋開他的蒙面布跟斗篷。而該處出現的是——一名打扮成拉麵師傅的豬型怪人。他長著一顆豬的腦袋，纏在額頭的毛巾低低壓在眼睛上緣。

「下一個要出場的果然是你啊——豬拳骨將軍。」

首領瞇起眼睛，露出的表情訴說著——必須派出第三名「四霸將」成員的狀況，終於迫在眉睫了。

戰鬥員們眼見豬拳骨將軍加入戰局，也顫慄了起來。

「沒想到將軍終、終於自己出馬了……」

「謠傳他是首領改造的怪人之中最強的。這樣的大人出陣就代表……福岡要完蛋啦！」

「我聽說他開的拉麵店拒收陌生客，擄獲了許多拉麵狂的心啊！」

「……據傳若是踏進將軍經營的店面，將軍的能力就會發動，強迫顧客遵守店內的規矩……！不准交談！禁止使用手機！吃拉麵第一口必須先嚐湯頭！」

「而遭到他該項特性洗腦的拉麵狂，會在美食評論網站上瘋狂地幫他隱性行銷！拜此之賜，將軍的拉麵店生意興隆，成為了吾等組織中重要的資金來源啊！」

「他如果發動那招傳說的甩麵技──『末日豚落(Letzte Butaillon)』，福岡果真會毀滅啊！」

在這個緊張感升壓的集會場之中，拳骨將軍露出殘忍的笑容吶喊道：

「噗、嘻、嘻，吾將要以吾之拉麵蹂躪福岡著名的攤販區！吾要將全部的攤車染上『渦之團拉麵』的顏色啊！噗～嘻、嘻、嘻！VORT──EX！」

『VO、VORT──EX！』

就在戰鬥員們也對派出拳骨將軍參戰感到恐懼之際，攻占福岡計畫宣告啟動──

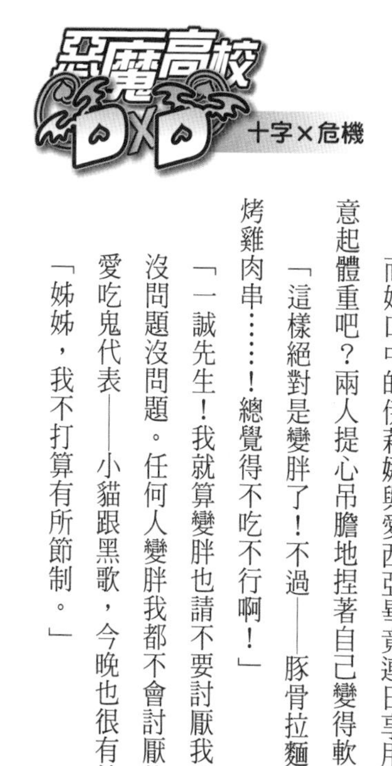

○●○

於是旅行也來到了第五天！我兵藤一誠跟夥伴們降落在九州的福岡。

結束了白天的觀光行程之後，我們就像昨天在大阪一樣決定要去吃個痛快！

這時潔諾薇亞也愉快地開口：

「在福岡也要大吃特吃！愛西亞、伊莉娜！我們就在時間允許範圍內，來一趟攤車巡禮吧！」

而她口中的伊莉娜與愛西亞畢竟連日享用豪華的餐點，又拿著特產邊走邊吃，或許是在意起體重吧？兩人提心吊膽地捏著自己變得軟綿綿的肚子。

「這樣絕對是變胖了！不過——豚骨拉麵、牛雜鍋、明太子、鐵鍋煎餃，還有久留米的烤雞肉串……！總覺得不吃不行啊！」

「一誠先生！我就算變胖也請不要討厭我喔！」

沒問題沒問題。任何人變胖我都不會討厭的，我也會陪妳們一起減肥喔。

愛吃鬼代表——小貓跟黑歌，今晚也很有幹勁。

「姊姊，我不打算有所節制。」

「不錯耶，我也要一面暢飲當地出產的酒，一面享用福岡著名的物產喵♪」

雖然享受著日本巡迴之旅，卻總是對城市景象感到震撼的瓦蕾莉跟托斯卡也——

「明明身為吸血鬼，能讓自己感到滿足的東西竟然不是血液而是油脂呢。呵呵♪」

「世界上真的有好多如此美味的東西呢……！」

她們就是以這副模樣感嘆、感動著。因為在封閉空間中長大的緣故，油滋滋的食物在味覺上應該很具衝擊性吧。我希望她們能再吃更多更多好吃的東西！

羅絲薇瑟看到這個狀況，也頗覺莞爾地笑了起來：

「總覺得這次的行程與其說是畢業旅行，不如說漸漸變成一趟狂吃旅行了呢。」

莉雅絲也發出輕笑，臉上仍舊掛著微笑開口：

「呵呵，邊走邊吃當地的名產，也是旅行的樂趣所在啊。」

「是啊，如果在尋訪美食潛力股的同時能逛一逛城市，就是一舉兩得了呢。」

沒錯，正如莉雅絲與朱乃學姊所言，我覺得這樣才像是一趟旅行嘛！欣賞當地稀奇的東西，享用看起來很美味的食物！這麼做很重要！

我們舉步前往福岡著名的攤販區，打算在那邊吃一間看一間。

不過，攤販區那邊……不知在吵些什麼。

「哎呀，攤販區那個方向很吵雜呢。」

莉雅絲皺起眉頭望向前方。

真的呢，好像有一群黑色的攤車把區域圍了起來。因為攤車上寫著拉麵兩個字，我想那些應該是一整群拉麵攤車吧，不過……

看起來其他攤車的老闆們，正在跟漆黑攤車的店員們爭吵。

蕾維兒從那個方向走了回來，看來她是先去觀察一下狀況。

「蕾維兒，那邊發生什麼事情了嗎？」

蕾維兒聽到我這麼詢問，就一手扶著額頭，另一手往那個方向指去。

「……一誠先生，還有各位。是的，有某群拉麵攤販對其他的攤車造成了困擾……」

蕾維兒所指的方向——有一名打扮成拉麵師傅，似乎是豬型……獸人的傢伙，指揮著全身黑衣的店員集團，似乎在和原本攤販區的攤販老闆們吵得一觸即發。

…………

就連我都說不出話來，或者應該形容成目瞪口呆比較恰當。

——又是那些黑衣集團跟奇怪的獸人喔！

雖然耳聞過他們會大鬧觀光景點，但目前為止的旅程中居然會連續碰到他們……哎呀，我真服了這傢伙啊。

話說，獸人也太常出現在一般人面前了吧！在非人者的世界裡也會造成問題吧？

反、反正，他們那副模樣似乎會被認為是戴著頭套或穿著布偶裝的人，不然就是角色扮演的玩家啦……

蕾維兒說道：

「……十之八九，他們就是報告中所記載的『神祕布偶裝集團』吧。沒想到，把觀光景點搞得天翻地覆的犯人居然不是布偶裝集團，而是魔物那類的生物……」

只能為此嘆息的我們，總之先互望彼此一眼。

「……這也是為了讓畢業旅行平安進行下去，不能對那些困擾的人坐視不管。」

我們為了品嚐攤車的料理，也為了跟那些店主站在同一陣線，便動身前往黑衣集團的所在地——

總而言之，等事情落幕以後就去吃碗豚骨拉麵吧。

——●●●——

這是在兵藤一誠那群人盡情享受完福岡當地特產之後的事情——

另一方面，在「渦之團」的指揮站之中——能看到首領發怒踹飛椅子的畫面，而講台上的角落多擺了一張豬拳骨將軍的遺照。

首領激烈喘氣，肩膀上下起伏，激昂地咆哮道：

「我已經沒辦法再忍下去了！老夫要親自出征！」

幹部屢次敗陣的事實，讓他累積的怒氣也達到了頂點，終於說出要親身上陣的話。

而戰鬥員們聽到首領這句話也大感驚愕：

「什麼？首領親自出征？」

「請、請您留步！如果首領上陣的話，世、世界會陷入黑暗啊！」

雖然戰鬥員們試著讓他冷靜下來，但首領渦之皇全身高漲起漆黑的汙濁氣燄，讓心中的怒意爆發：

「我已經不是想征服了！而是要進行破壞！如今只能破壞！既然吾等『渦之團』被愚弄至此，就只剩下破壞世界，再使其重生一條路了！」

首領散發出的魄力甚至讓整座指揮站都搖撼起來。

就在現下這個狀況，一道安撫首領的聲音響徹室內：

「首領，請您稍安勿躁——看來只能由在下這個『四霸將』最後的幹部，挺身守護首領了呢。」

身著蒙面以及斗篷的最後大幹部——「四霸將」的第四名成員立於首領的身邊。

首領眼見這一幕，表情也突然一變，露出笑容歡迎他：

「喔喔，你來了啊——彷徨大元帥終極絕命獅像。」

最後登場的幹部甩開他的蒙面布跟披風！該處出現的是——一頭擁有黑色毛皮的獅子，不，那裡孤零零坐著一尊跟幼犬差不多大的風獅爺。而那尊外表可愛的黑色風獅爺——正是「四霸將」的最後一員，彷徨大元帥終極絕命獅像。

戰鬥員們——儘管對絕命獅像可愛的模樣發著萌，卻還是講述起他的傳說：

「那個傳、傳說中的角色終於要出場了嗎……！」

「雖然身為必須擔任避邪象徵物，保護家園的存在，那位大人卻連一次都沒有守護過住家，在各地到處流浪啊！」

「連續五年在『比起被對方守護，反而更想守護他的怪人』這項投票中，被『渦之團』粉絲俱樂部的女性成員票選為第一名的終極絕命獅像大人，居然要親自守護首領！」

「而且，我曾聽說大元帥一旦決定要守護某樣事物，他的防禦力就會高到連『四霸將』另外三名成員同時攻擊也攻不破的程度！這樣一來，就不會有任何人能夠碰觸到宣布要進行破壞的首領啦！」

「雖然牠的弱點是美少女以及美女……不過那是每個男人的弱點啊！」

「最重要的是絕命獅像大人本身就很可愛！他是我們組織的吉祥物！」

首領把絕命獅像擺在肩膀上，走到台前來。

絕命獅像發出「獅、嘻、嘻」這樣可愛的笑聲，同時開口說道：

「那麼，首先就從我的老巢沖繩開始攻陷吧。身為風獅爺的我不守護沖繩居民，而在當地進行破壞的風聲一旦傳遍這個國家的居民耳裡，一定會讓整個國家落入絕望的。」

首領聽到牠的提議，也點點頭說道：

「唔嗯，那是個很好的主意。那麼，首先就把沖繩當作我們破壞、征服的第一站吧！出征吧，吾等同志們！」

首領親自上陣這件事，也讓戰鬥員們用前所未有的高昂情緒擺出V字形的姿勢，齊聲回應：

『VORT————EX！』

——這場「渦之團」最後的戰役，就在不為人知的情況下準備展開。

—○●○—

這場北起北海道，然後沿路巡迴京都、大阪、福岡的畢業旅行，也終於來到最後的目的地——沖繩了！

我兵藤一誠跟夥伴們，降落在沖繩這個四季如夏的人間樂園！就算目前是三月，氣溫卻很高！這個氣候脫掉一件上衣剛剛好！

雖然這趟旅行為期一週，但最後的兩天我們決定在沖繩這裡度過。

也就是說，在沖繩的第一天——

「一提到沖繩果然就會想到海呢！」

我們借了一間吉蒙里家在沖繩掌管的旅館，將會在那裡的私人海灘盡情享受提早到來的海水浴！我也換上了泳褲！

碧藍海洋！潔白沙灘！還有——肉色的美少女們！——可是啊，最後提到的美少女是指我們的成員啦！

不過，她們當然全部都是美少女！朱乃學姊、愛西亞、潔諾薇亞、伊莉娜、蕾維兒、羅絲薇瑟她們都換好了泳裝，在海水中嬉戲。順帶一提，木場也在海裡游泳。

小貓跟黑歌正在陽傘底下，享受著堆積成山的沖繩水果……看來貓又姊妹還能繼續吃。

勒菲在她們身邊喝著熱帶果汁，笑得很開懷。

而瓦蕾莉與加斯帕則待在沙灘上玩沙子。

「嘻嘻，在沙灘上堆城堡是我的夢想耶。」

「幸好我們都生為晝行者呢。」

嗯，真是一幅令人莞爾的光景啊。

就在我望著大家盡情享受沖繩的景象時，潔諾薇亞走近我身邊。她穿著一套布料面積稀少的比基尼！她搖晃著頗富彈力的胸部，這麼對我說！

「一誠，你能幫我塗防曬油嗎？我也該注意別被曬黑比較好吧。」

我接過她手中的防曬油，露出色色的表情回應：

「這個嘛，妳能讓我塗的話就太感激啦！可是，我以為妳不太在意被曬黑這種事耶。」

潔諾薇亞抓起我的手，拉到她的胸部上！胸部柔軟的感觸襲向我的右手……潔諾薇亞用煽情的聲音說道：

「雖然是那樣沒錯，但我已經成了你的眷屬，可以說我的身心都是屬於你的。那樣一來，我屬於一誠所有物的身體就要配合你的喜好比較好。你比較喜歡皮膚白一點的對吧？」

——！……潔諾薇亞這傢伙，幹嘛跟我說這些甜言蜜語啦！說什麼身、身心都是屬於我的東西……！雖然我是妳的「國王」沒錯啦！

潔諾薇亞直接躺臥下來，解開上衣的鉤子，擺出準備好要被塗防曬油的姿勢。裸露的乳房加上乳頭實在是太美好了！

「來，幫我塗吧。不對，拜託主人時應該不能這樣說……一誠大人，請您幫人家塗嘛！

——這樣說比較好吧。」

不要發出那種裝可愛的聲音啦！算、算了，我會幫妳塗啦！不對，我要塗了！我可是這傢伙的「國王」！要來任意自由不客氣地塗了！

「沒、沒問題！不就是在眷屬的皮膚上塗防曬油嗎！這應該也是『國王』的職責之一！」

「嗯，拜託你嘍。我的『國王』大人。」

就在我正要幫委身於我的潔諾薇亞塗防曬油的那一刻──

「如、如果是那樣，希望你也能幫同樣身為眷屬的我塗防曬油！」

愛西亞跑過來黏著我提出要求！這時蕾維兒也衝向我！

「那、那個，因為我也是眷屬，如果能幫我塗防曬油……是我的榮幸！一誠先生！」

連愛西亞、蕾維兒都把泳裝上衣的鉤子解開啦──！

喂喂喂，不僅愛西亞變得大膽，蕾維兒也是啊！雖然說這裡是私人海灘所以不會有其他客人，但居然把胸部彈晃出衣服外！

不過，因為愛西亞跟蕾維兒她們都還在成長期，胸部不斷變得越來越大，讓哥哥我很高興喔！不但胸形漂亮，上面還有美麗的粉色尖端呢！

這時又有人跑到這裡來！

「請、請幫我塗防曬油！我也是你的眷屬！」

「我們是隊友所以應該可以吧，達令？」

是羅絲薇瑟跟伊莉娜！喔喔，連我眷屬中的「城堡」，以及同一隊擔任「騎士」的人都來了呢！

「哎呀，我也要參加！」

這時完全等同於大頭目的朱乃學姊（她已經拋開上衣，進入備戰狀態！）加入戰局！

而且朱乃學姊還從背後抱住我，輕輕咬著我的耳朵！朱乃學姊那對柔軟的大胸部壓在我背上，被擠壓到變形外溢……真是太感謝啦！

大家都壓在我身上，拉著我的手，最後終於連我整個身體都被擠得亂七八糟了！

「唔，喂，第一個要被塗的人是我耶！」

連潔諾薇亞都站起身來，完全袒裸出乳房和大家互相拉扯我！

「各位，我沒辦法一次塗這麼多人啦！照順序照順序！」

啊啊！因為我每次被拉扯的時候，都會有不知道是誰的胸部彈來彈去，晃來晃去地貼著我的身體，讓我進入難以忍耐的狀態了啦！

「我先！」

「是我啦！」

啊啊啊啊！不管前後左右全部都有胸部，這是什麼情況！這不是叫我隨便挑隨便選嗎……！女體柔軟的感觸盡情地滿足了我！不過蕾維兒表示這樣下去將不會有進展。她搖晃著豐滿光裸的胸部，如此提出建議：

「既然這樣，我有一個提案！我們來用比賽弄倒沙山的遊戲決定順序吧！」

就這樣，穿著泳裝的女孩子們完全露出胸部，在沙灘上以讓我塗防曬油的順序為獎勵，開始比起削沙山。而且還採用淘汰賽制！

……這好像會花上很久的時間呢。我單手拿著防曬油的瓶子，發著呆等待。只能觀看她們比賽推沙山的模樣了嗎……？不，我只要看著胸部露光光的她們就非常幸福了呢！啊～

雖然我想趕快摸到胸部，但也想在女生身上塗遍防曬油啊！

這時對我搭話的人是——

「呵呵，你看起來好像很開心呢。」

是莉雅絲。她開口詢問我：

「對了，一誠。差不多能履行那件約好的事了吧？」

莉雅絲身上穿的不是泳裝，而是一套隨性的短袖短褲。莉雅絲把視線移向一處遠離海岸的地方。在她視線的前方——停著一台紅色的敞篷車。

莉雅絲問我：

「按照我跟羅絲薇瑟做過的約定，在沖繩兜風時，你要讓我載沒問題吧？」

——！對耶。我在北海道時跟羅絲薇瑟一起兜風。相較之下，在下一個目的地就是——

我笑著對她點點頭回答：

「嗯，麻煩妳了。」

因為那些沉迷於推沙山比賽中的女孩子好像還會比很久，於是我就暫且接受莉雅絲的邀請，讓她載一程了——

我也把泳裝換回平常穿的衣服，坐上敞篷車的副駕駛座。莉雅絲有好幾輛不同的車子呢……她在北海道開的是紅色轎車，沖繩這裡則有一台敞篷車。

在莉雅絲的駕駛之下，車子輕快地啟程了。我們沿著沖繩的海岸線，優雅地兜風觀光。

我們沿途談著笑，就這麼兜風了幾十分鐘——

這時，我忽然開口說：

「……我在跟羅絲薇瑟一起兜風的時候就有想過這件事，想說自己也去考個駕照應該比較好吧。」

「哎呀，下次要換一誠載我兜風了是嗎？」

「嗯。身為一個男生，還是覺得能載女生比較好吧。」

等考到駕照之後，我果然會想讓她坐在副駕駛座，載她奔馳呢。

莉雅絲露出微笑。她開著敞篷車劃開風前進——那頭紅色長髮隨著沖繩的風飄舞，十分美麗。

「呵呵，也是呢。不過，因為旁邊載著男朋友奔馳也是我的夢想之一，所以我們如果能輪流開車就好了呢。」

「原來如此，也能這樣做啊。」

即使我拿到了駕照，能兩個人輪流開車也不錯耶。

這次莉雅絲似乎有明確的目的地，所以我們開了一個小時左右，就到達了一間在沖繩頗負盛名的水族館。

好像是因為館內有數隻鯨鯊的關係，光是欣賞牠們游泳的模樣也足以成為壓軸好戲。

我們走進滿是觀光客的水族館，享受著欣賞各種魚類帶來的心情起伏。

然後，在巨大壓克力面板所做成的水槽之中，能看到龐大的鯨鯊和魟魚，與其他魚類們一起夢幻優游的景象──牠們看起來也完全像是在水槽裡飛行。

雖然我至今見聞、體驗過各種奇幻的事物……啊啊，什麼嘛，這種尋常的生活中也是充滿了許多夢幻的東西嘛。

莉雅絲也把手搭在壓克力面板上，像是一位年幼少女用視線追逐著鯨鯊的身姿。

「一誠，這好棒喔！」

莉雅絲打從心底快樂地喧鬧著。聽說她本來就心想若是能去沖繩，絕對要來這裡一趟。

她偶爾會出現這副符合年齡的面貌，讓我打從心底對她沒轍了呢。

在水族館逛了一圈之後——我……想要鼓起勇氣營造氣氛！

好不容易兩個人獨處耶！感覺氣氛變得很不錯了呢！既然來到這裡，就算親她一下回去也不會受罰吧！

這正是男人展現出息的時刻對吧！就在我下定決心，準備要帶莉雅絲去氣氛似乎不錯的地點時——

「吶，莉雅絲。我們等一下——」

我對她說出這句話的同時——

「呀——！」

某處突然傳來了一陣尖叫聲！

「發生什麼事了？」

莉雅絲跟我對看一眼，就奔往悲鳴聲傳來的方向。

我們一來到館外露天的區塊——就看到那裡有名戴著龍形頭盔的中老年男性，帶領著黑衣人集團揚聲高笑！

「呼哈哈哈哈哈哈哈哈哈哈！逃吧，你們逃吧，該死的愚民們！」

一看之下，就發現黑衣集團們正在襲擊觀光客，搶奪著他們的皮包或是購物袋！

而那名略具威嚴的頭盔大叔，對著現場聚集的觀眾以及水族館相關人員宣布道：

「從現在開始，這座水族館已納入『渦之團』首領我本人的支配之下了！包括海獺、海牛、鯨鯊以及各種魚類在內，全都會被改造成吾等『渦之團』的尖兵！」

這時黑衣集團也大聲回應他！

『VORT————EX！』

他們做出張開雙臂，向天高舉的姿勢——……啊啊，連吆喝聲也一樣，果然是我們至今一直碰到的布偶裝怪人集團！而且那個大叔，剛剛自稱為「首領」耶。他們的頭目終於登場了嗎？

話說回來，我什麼我們從北海道到這裡，一路上的每一站都會遇見他們啦！

是故意的嗎？衝著我們來嗎？又或者是巧合？如果是巧合的話，與其說是種超級厄運，不如該說是場最糟糕的邂逅……而且這位大叔還散發出具有一定水準的靈氣跟威壓，看來是個實力不錯的傢伙！

莉雅絲半瞇著眼嘆道：

「雖然已經事到如今了，不過可以確定蕾維兒在福岡提到的那些人，就是神祕的布偶裝集團了吧……？」

「啊～～呃，應該是吧……」

我無力地垂下頭，只能回以肯定的答案。

我跟莉雅絲面面相覷，互相使個代表「必須做點什麼才行」意思的眼神，動身前往那些傢伙的面前。

我嫌煩地開口：

「喂，你們，別做壞事啦。」

莉雅絲威風凜凜地擋在他們面前宣告：

「你們實在是一群大鬧觀光地的不法之徒呢。就由我吉蒙里家的下任宗主——跟未婚夫一誠，來把你們全部轟飛吧！」

嗯，這段開場白很有莉雅絲的風格。口氣跟剷除離群惡魔的時候差不多，但又更加來勁些呢……呃，她說未婚夫！我、我是很榮幸啦，但也嚇了超大一跳耶！

「——對吧？」

被莉雅絲這麼詢問，我也現出手甲，充滿氣勢地擺好架式。

「是啊，當然！為了成為配得上妳的男人，從今以後也要不斷讓妳瘋狂見識我帥氣的模樣！」

那名頭盔大叔看著堵在前方的我們，戲謔似的笑道：

「咯、咯、咯，真是有精神的ＢＯＹ跟ＧＩＲＬ呢。然而，沒有任何人能攻破我固若金湯的守護喔。因為無論如何，我可是擁有組織內號稱防禦力最強的守護神——終極絕命獅像啊！來吧，終極絕命獅像！站到吾身前來吧！」

那個大叔在呼喚著某人。不過，現場沒有任何反應，並沒有任何一個人站出來。

大叔緊蹙眉頭，詢問那支黑衣人集團：

「…………唔、唔嗯？終極絕命獅像怎麼了嗎？」

其中一名黑衣人一臉抱歉地如此呈報：

「他、他好像迷路了……我們沒能與他會合……」

大叔聽到這段報告就驚訝到眼珠都快掉出來的程度，啞口無言。

「……你、你說什麼……？」

他光是要擠出這句話，似乎就已竭盡全力。大叔身上的魄力減弱了一點點，看來是因為受到嚴重打擊的關係。

……嗯、嗯呃，這樣我們可以先行動嗎？

「……那、那個，可以動手嗎？」

我向莉雅絲開口確認。於是她也嘆了口氣，傻眼地點點頭回答：

「我覺得可以。他們看起來是壞人，總之先抓再說吧。」

「了、了解！」

頭盔大叔眼見我跟莉雅絲飛奔而出，似乎是做好覺悟了吧。他換上一副威嚴的表情，從全身散放出極大的壓力！

「好吧！紅髮少女跟紅色手甲的少年啊！我就先拿你們來血祭！不准瞧不起身為『渦之團』首領渦之皇的我啊——！」

頭盔大叔首領率領著黑衣集團，動手對我們施展攻擊！

於是，我跟莉雅絲的消滅怪人集團之戰開打了——

過了十幾分鐘——

我們擊退了那些怪人。

因為那名頭盔大叔算是個頗強的敵人，我也在不知不覺間換上鎧甲了呢。但是憑著我跟莉雅絲的攜手共戰，也成功將他連同那支黑衣集團一網打盡。

然後我覺得把到手的大叔一行人交給警察好像也有點怪怪的，所以就先把他們寄放在神子監視者成員幾瀨鳶雄他們的團隊裡。由於那些人似乎也算是幾瀨他們追蹤的組織之一，於是對方馬上答應了我的請求。而神子監視者也會幫我們進行後續的現場處理。

因此，我跟莉雅絲就迅速地離開了水族館，去附近的海岸散步。

「這沙灘真漂亮呢。」

「是啊。」

我們漫步在白色的沙灘上，如此交談著。

雖然我正想營造氣氛的時候遭到妨礙，但能夠兩人獨處，應該可說是個不錯的結果吧。

走在我身前的莉雅絲回過頭來，露出笑容這麼對我說：

「我說啊，一誠。我呢，還想跟你一起踏上更多次的旅行喔。不只是日本境內，而是整個世界──我連冥界的各地都想跟你去去看。」

「嗯，那就去吧。雖然不知道下次能出發是什麼時候了，但我會跟妳一起去……不對，我會帶妳去任何地方。我下回想開車載妳去兜風呢。」

惡魔的生命很漫長，無論要去哪裡都可以。到哪裡都能夠與她同行──

莉雅絲微笑著，任由一頭紅髮被風吹拂，眺望著那片藍天。

「是啊，真的好期待呢。不過啊，我還想再跟大家一起去旅行更多次耶。」

「好啊，也讓那個願望成真吧。因為不管怎麼說，我們還擁有非常多的時間啊。」

我們進行著這樣的對話。

……莉雅絲，我已經決定了一件事。我雖然成為了上級惡魔，還是有許多不足之處，也想要學習各種事情。

追隨著妳的生活是最棒的──不過，我在成為上級惡魔以後就要自己做決定，也希望自己在將來能夠獨立前進。

然後，最重要的是——我想成為一個能與身為吉蒙里下任宗主，目標當上排名遊戲冠軍的妳，並駕齊驅的男人。想變成一名即使站在妳身邊，也不會有任何遜色之處的男人。

是的，我必定會成長為一個能夠配得上妳的男人給妳看——

因此，這趟畢業旅行結束之後，我會——開始行動。

我一心嚮往著有瓦利、塞拉歐格、曹操、匙、杜利歐、幾瀨、各路神族以及尚未謀面的對手們在那裡等待著我的排名遊戲國際大會。我想要參加那場賽事，並且絕對要勝過所有的對手。

當然，即使在經歷過無數賽局之後必須和妳對戰，我也——

……不過啊，莉雅絲。我最重要的想法是——希望自己能在那個人……在阿撒塞勒老師回來之前，成為一個傑出的男人。

——阿撒塞勒老師。

旅途中，大家不時會露出莫名寂寞的表情。我覺得每個人都在追逐著老師的身影。一定都在內心的某個角落，想著老師會不會什麼時候突然蹦出來，跟眾人一起旅行呢？

我也一樣——不管去到哪個城市，都探尋著老師的影子喔。

「啊，找到一誠了！」

——這時，傳來了潔諾薇亞的聲音。我回頭一看，就看到換下泳裝的全體夥伴們朝我們奔過來！

愛西亞淚眼汪汪地鼓起臉頰！真虧她們能追我們追到這邊來！是有被裝了什麼追蹤器不成？不，如果是這些女生的話，應該就能輕易找到我們吧。因為她們不知為何，唯獨這件事情絕對會成功做到嘛！

「一誠先生、莉雅絲姊姊，你們好過分！居然拋下我們！」

蕾維兒也單手拿著筆記紙，舉向我的臉開口：

「我們已經用推沙山遊戲決定好順序了！來吧，請幫我們塗防曬油！」

喔喔，塗防曬油啊！這麼說來的確是這樣沒錯！不如該說，妳們終於比賽完推沙山了喔！

另外，潔諾薇亞把她抱在胸前的動物（？）展現給我看。

「順便說一下，我剛剛在那邊抓到一隻風獅爺了耶！我想把牠當成我的使魔！」

潔諾薇亞那傢伙，抱著一隻黑色的風獅爺……看來風獅爺是真實存在的呢。

莉雅絲眼見眾人登場不禁失笑，然後推著我的背開口：

「呵呵，看來當前目的就是先增強與眷屬們的肌膚之親呢。加油喔，新任『國王』。」

唉～～啊哈哈哈哈，看來我跟莉雅絲的好氣氛到此為止了呢。

我舞動起所有的手指，用色色的表情對女孩子們宣布：

「真是的！啊～～既然這樣，我就要幫妳們塗防曬油塗個徹底啦！事到如今可不准妳們再遮胸部了！做好覺悟，把胸部挺到我面前吧！」

我沒能成功跟莉雅絲接吻，這麼一來我就要回到那片私人海灘，大塗特塗防曬油啦！

「那麼回到海灘之後，我也請你幫我塗好了。」

連莉雅絲都對我說出這句話！這樣的話，我就要徹底塗個夠！

吶，阿撒塞勒老師。我終會以「國王」的身分成為一名傑出的惡魔，也會當上後宮王。

所以等你回來之後，就請聽我盡情地訴說我的故事吧！

後記

好久不見，我是石踏一榮。短篇集系列《DX》來到第三集了。

雖然這次沒有發行限定版，只有出普通的文庫版本。（註：此指日文版狀況）不過書中呈現給讀者的分量與內容卻因此頗為豐富。這本《DX》第三集當中，也收錄了夢幻短篇故事〈十字×危機〉。那麼，就來按照慣例，為各位說明每一篇故事吧。

〈愛西亞的寶物〉時間關係——第十三集與第十四集之間

這篇的主要劇情是敘述愛西亞與法夫納相遇，以及締結契約的事。不過嘛，畢竟這是關於小褲褲龍的篇章，自然會變成一個很糟糕的故事……說不定奧菲斯的內褲被發現有水果的香味這件事，是本篇其中一個重點。

然後，能看到幾幕阿撒塞勒跟羅絲薇瑟擔任教師的場景，這點應該也算滿稀有的吧。

〈赤龍帝平凡的一天〉時間關係——第十四集之後

這是發生在莉雅絲啟程前往吸血鬼之國那段時間的插曲，是一回深入探究所有西迪眷屬成員的篇章。我覺得自己終於敘述了她們的背景故事，也好好說明她們的能力了呢。

雖然在故事中也描述了人工神器具有缺陷的一面，但在本傳最新的時間點，技術已經比這個故事發生的時候更進步，因此缺點也逐漸獲得了緩解。

〈去特訓吧！【吉祥物篇】〉時間關係——第十六集與第十七集之間

塞拉歐格盤算著想為巴力領的產業做些什麼的念頭、莉雅絲爸爸的形象角色，還有那位人魚小姐的再次登場，這些元素是故事的主軸吧。還有，雖然在本傳沒機會敘述，但莉雅絲雖然身為吉蒙里家族的成員，卻對駱駝很沒轍呢。

自從這個時候，就已經設定好塞拉歐格跟他弟弟的關係了，能在第二十一集當中描寫出來，實在是太好了。我想，看完這一篇之後再讀一次第二十一集，應該又會產生不一樣的感想吧。

〈學生會的逸才〉時間關係——

開頭在第二十二集間，主篇大約落在第十九集間

這是個描寫潔諾薇亞新會長所率領，新一代學生會成員的故事。

開頭與作中新成員的篇章，是我在連載之後新加上去的部分。在這裡第一次為大家介紹了蜜拉卡。而透過阿傑卡的「遊戲」調查剩下神滅具的核心成員，會由百鬼黃龍跟這位蜜拉卡來負責。如果有一天也能為各位送上這兩人活躍的故事就太好了。尤其是黃龍這個角色，我也打算讓他跟D×D本傳最終章的劇情產生密切的關聯。

而加茂忠美是在動畫第一季BD附贈的特典小說中，第一次出現的角色。她是個把小咪露視為對手，也追蹤著小咪露謎團的角色。

這樣一想，就覺得潔諾薇亞領軍的學生會新成員組，特質都相當地強烈呢……

〈鋼之妄念〉時間關係——第十九集之間

這是小絲——絲格維拉再度登場的篇章。她雖然是個寫起來相當快樂的角色，但因為讓她太過活躍的話故事會崩壞，希望處理得恰如其分就好。

若要說我寫出這篇故事的時候腦中有什麼東西，應該就是受到我在雜誌上刊載這個篇章的時期所播映的「鋼○創○者」影響所致吧。因為我本身很迷鋼○模型，就變得無論如何都想寫一下這種故事。不過，故事中對彈鋼模型的簡稱，其實也是現實生活中對「紙○戰機」這款遊戲所出模型的簡稱啦……算了，別在意別在意！

最重要的，這個故事同時也是愛爾梅希爾德再度登場的篇回。這會成為她和一誠發展關

係的原點。那麼那麼，愛爾梅今後將會與劇情出現什麼關聯呢……敬請期待！

〈十字×危機〉時間關係——

開頭第十七～第十九集之間，主篇為數年前的往事

終於敘述了潔諾薇亞跟伊莉娜的邂逅！

這並不是在《DRAGON MAGAZINE》上連載的篇章，而是舉行第二季動畫相關活動時，在會場限定發送的短篇故事。由於潔諾薇亞跟伊莉娜在動畫中登場，所以就決定來描寫她們相遇的劇情。本書中收錄的內文，幾乎和會場發送的版本完全相同。

相關人士給予這個故事極高的評價，也對它的完成度讚不絕口。被講了「說真的，這一篇拿來免費放送太浪費了」這句話，讓我印象最為深刻。因為這是描述潔諾薇亞跟伊莉娜重要邂逅的故事，所以跟短篇故事那樣的滑稽風格比起來，還是用富有戲劇性的筆觸描寫比較好，因此我當時在寫的時候也鼓起了幹勁。正因這個緣故，這也是我在所有短篇中最喜歡的前五名之一。而它終於收錄進本書之中，讓我感到很滿足。

吸血鬼們在這一集裡面很活躍呢！自從十六集的加斯帕篇以來，這大概是我第一次在故事裡塞滿吸血鬼吧。這本《DX》的內容，可說是以潔諾薇亞和吸血鬼為主軸所構成。

〈畢業旅行與渦之團〉時間關係——第二十二集之間

這是我在第二十二集後記預告過要新寫的畢業旅行篇。

由於這幾年之中，我為了取材及工作的關係變得經常巡遊日本各地，就在我思考總有一天一定要將這些經歷活用在作品中的時候，就出現了這個撰寫畢業旅行篇的機會。於是我心想「來把在各地取材到的東西寫進去吧！」，就這樣從北海道寫到了沖繩。

那麼，劇中登場的祕密結社「渦之團」這個哏的來源，是由於初期有一部分粉絲會記錯「禍之團」的名稱，還有網路上偶爾會有人把「禍」寫成「渦」的關係，於是嘗試逆向操作創造出這些角色。這個嘛，這篇故事真的很不得了呢，一群恣意妄為的傢伙在到處作亂。

其實呢，「渦之團」的成員們，擁有初期的神祕學研究社成員們根本無法匹敵的實力。可是，由於一誠等人的實力已獲得極為大幅的提升，所以他們就被輕易轟飛了……

我在撰寫這篇故事的時候有某件在意的事，那就是一誠有沒有駕照這一點呢。因為他是主角，總有一天我想讓他載著坐在副駕駛座的女主角們馳騁。

話說回來，潔諾薇亞真的很適合機車耶，我也想在本傳描寫這樣的情節呢。另外，終極絕命獅像就那樣直接變成了潔諾薇亞的使魔。

在此致上謝詞。みやま零老師以及T責編，有勞你們關照了。

那麼，來報告一下吧。我想在這本書發售的時間點，也已經發表了動畫要製作第四期的消息。就是因為有各位支持者龐大的聲援以及堅定不移的支援，電視動畫新系列的企畫才得以實現。各位賜予的支援絲毫不會白費，正因為累積了所有的要素，新系列動畫才能夠開始製作。這就是我想告訴各位的話。

雖然這麼說，但我聽說一般少年向的輕小說之中，能獲得四度動畫化的作品非常稀少，幾乎沒有這樣的例子。面對這種狀況我感到很緊張，同時也鼓起了幹勁。為了播出各位支持者盼望的動畫，我也會更加繃緊神經參與製作，因此各位若是能夠不變地支持這部作品，將會令我感到十分榮幸。

那麼，最後也來宣傳一下。下一本出版的是本傳第二十三集，內容會是一誠隊伍對上杜利歐隊伍之戰，同時也會處理教會三人組的橋段。

由於排名遊戲篇的情節今後也會更加趨於白熱化，因此就請各位對升格為上級惡魔的一誠所主演的青春戲碼鼓起期待，等候書籍發售吧！

國家圖書館出版品預行編目資料

惡魔高校DxD. DX.3, 十字×危機 / 石踏一榮作 ;
陳瑮譯. -- 初版. -- 臺北市 : 臺灣角川, 2018.04
面 ; 公分
譯自 : ハイスクールD×D. DX., クロス×クライシス
ISBN 978-957-564-133-7(平裝)

861.57 107002529

Kadokawa
Fantastic
Novels

惡魔高校D×D DX.3
十字×危機

（原著名：ハイスクールD×D DX.3 クロス×クライシス）

2018年4月11日　初版第1刷發行
2023年3月16日　初版第2刷發行

作　者：石踏一榮
插　畫：みやま零
譯　者：陳瑮

發行人：岩崎剛人
總編輯：蔡佩芬
副主編：楊鎮遠
美術設計：黃永漢
印　務：李明修（主任）、張加恩（主任）、張凱棋

發行所：台灣角川股份有限公司
地　址：104台北市中山區松江路223號3樓
電　話：（02）2515-3000
傳　真：（02）2515-0033
網　址：www.kadokawa.com.tw
劃撥帳戶：台灣角川股份有限公司
劃撥帳號：19487412
法律顧問：有澤法律事務所
製　版：尚騰印刷事業有限公司
ISBN：978-957-564-133-7